BIBLIOTHÈQUE BRÉSILIENNE

UN GAMIN À ROME

DU MÊME AUTEUR

Embrouille, Gallimard, 1992

Court-circuit, Gallimard, 1997

Budapest, Gallimard, 2005

Quand je sortirai d'ici, Gallimard, 2012

Le Frère allemand, Gallimard, 2016

Ces gens-là, Gallimard, 2023

Chico BUARQUE

UN GAMIN À ROME

Traduit du brésilien
par Mathieu Dosse

Éditions Métailié
20, rue des Grands Augustins, 75006 Paris
www.editions-metailie.com
2026

PHOTOGRAPHIE DE COUVERTURE
Collection Chico Buarque / Institut Antonio Carlos Jobim
IMAGES INTÉRIEURES
Collection personnelle / Reproduction de Bel Pedrosa

Titre original : *Bambino a Roma*

First published in Brazil by Editora Companhia das Letras as
Bambino a Roma

ISBN : 979-10-226-1506-8
ISSN : 0291-493X

Pour miss Tuttle

1

Accroché à mon ballon de football, je jetai un dernier regard en arrière en quittant la maison du 1625, rua Haddock Lobo, à São Paulo, juste au moment où le camion de déménagement démarrait. En découvrant la maison vide, avec les traces des meubles sur le sol et des cadres sur les murs, je compris que l'absence serait longue, peut-être même définitive. Nous avons appareillé de Rio, et sur le pont du *Giulio Cesare*, les passagers s'embrassaient et trinquaient en regardant la ville qui disparaissait peu à peu dans la baie de Guanabara. Je ne regardais pas la baie, mais l'écume que traçait le paquebot sur la mer, comme pour brouiller le chemin du retour. Pendant deux semaines d'un océan sans fin, il y avait beaucoup de fêtes et de jeux sur le pont, mais si on me demande ce dont je me souviens le plus, je répondrai sans détour que c'était une mer de vomi. J'ai vomi dans la mer, sur le pont, dans la piscine, dans la cabine de seconde classe ; j'ai vomi jaune sur la serviette du restaurant, j'ai vomi sur la chaussure du serveur, je vomissais les médicaments et je vomissais sur mon propre vomi, dégoûté de moi-même. J'ai vomi de Rio jusqu'à Gênes, avec des escales nauséeuses dans des ports que j'ai à peine vus, convaincu que ce goût amer ne quitterait jamais ma bouche. C'était sans doute l'anxiété, car quand on me montra le port de Gênes au loin, je m'endormis presque debout. Somnambule, je ne me souviens ni du quai, ni du train, ni des lumières de Rome ; c'était comme si le navire avait accosté comme un taxi devant notre maison, 12, via San Marino.

Au rez-de-chaussée d'un immeuble jaune de quatre étages, l'appartement 2 était vieillot, sombre et glacé parce qu'on avait oublié d'allumer le chauffage. Ma mère m'expliqua que la guerre, achevée quelques années plus tôt, avait laissé le pays appauvri. Elle hésitait à inscrire ses enfants dans les écoles italiennes, où les grèves étaient fréquentes et l'enseignement en retard par rapport au nôtre. Ce n'était pas pour cette raison que mon père venait donner des cours en Italie, mais on ne m'avait jamais vraiment expliqué les véritables motifs de notre voyage. Tout était confus dans mon esprit, les adresses se mêlaient dans mes songes, et même éveillé, je restais comme dans un rêve pendant un bon moment. Des étrangers entraient et sortaient de chez nous en transportant des valises, traînant des malles, réparant des robinets, changeant des ampoules et marmonnant des mots qui sonnaient pour moi comme des insultes. Toutes les pièces étaient couvertes de papier peint, le téléphone était fixé au mur, les meubles et les tableaux n'étaient pas les nôtres, il y avait des familles d'inconnus dans les cadres, et mon lit ressemblait à celui d'un vieillard, en bois massif, sombre, avec une tête de lit haute, presque jusqu'au plafond. Parce qu'à l'étranger tout est étrange, avait dit l'un des enfants, et cette phrase était devenue notre devise à la maison. Je ne trouvais pas que la nouvelle langue ou la vieille ville étaient étranges ; j'étais déjà préparé à tout ça. L'étrange, vraiment étrange, c'était quelque chose que je ne voyais pas, une absence partout présente, et la nuit je perdais le sommeil en y pensant ; c'était une énigme difficile à résoudre, de celles qui, une fois déchiffrées, nous font dire : mais bien sûr ! C'était étrange de voir tant d'hommes en béquilles dans le tramway ? Oui, mais ce n'était pas ça. C'était étrange de voir autant de femmes en deuil au marché ? Oui, mais là encore, c'était autre chose. C'était certes un peu bizarre de ne pas manger de riz aux haricots noirs, mais je m'étais vite habitué aux pâtes que la cuisinière servait tous les jours au déjeuner.

Ces cuisinières, qui venaient toutes de Sardaigne, ne restaient jamais en poste bien longtemps. Je les appréciais, mais j'avais toujours une préférence pour celle qui avait été renvoyée ou qui avait démissionné. Dès que je m'habituais aux pâtes de la cuisinière du moment, elle était remplacée par une autre, sans même me laisser le temps de retenir son nom. Elles me manquaient toutes, l'une après l'autre, jusqu'à la toute première, restée au Brésil. Aucune ne lui arrivait à la cheville ; elle était là au tout début, et je n'ai aucun souvenir de moi sans elle. Je crois qu'elle s'appelait Aparecida, et elle préparait les meilleurs haricots de São Paulo. C'était une femme noire, très noire et très belle ; en plus de cuisiner, elle lavait, étendait et repassait le linge, faisait la vaisselle, balayait les chambres, dressait les lits, arrosait les plantes et récurait le sol. Parfois, pressentant qu'elle allait entrer dans ma chambre, je me hâtais de me déshabiller et restais là, comme un idiot. C'était une impulsion irrépressible, un plaisir secret de savoir qu'elle me voyait nu, ne serait-ce qu'un instant. Cela n'est jamais arrivé avec les femmes de ménage italiennes ; jamais je ne me suis montré nu devant elles, peut-être parce qu'elles étaient un peu rondes, avec un léger duvet de moustache. En me promenant en ville, j'ai certes vu beaucoup de belles femmes, mais aucune ne m'a donné cette nervosité-là, cette envie de me déshabiller. À l'exception de la professeure d'italien de mon père, mais je préfère ne pas m'attarder là-dessus ici. Ce qui me fascinait chez Aparecida, ce n'était pas exactement sa beauté, mais un je-ne-sais-quoi, peut-être sa façon de se déplacer dans le couloir. D'ailleurs, je ne sais pas comment j'ai mis autant de temps à réaliser qu'il n'y avait pas de Noirs en Italie. Rien ne pouvait me sembler plus étrange que ça.

2

C'est à l'école américaine, à Rome, que mister Welsh m'a touché les fesses. Ou plutôt, pour le dire en bon anglais, mister Welsh *avait pour habitude* de me toucher les fesses, à l'époque où j'hésitais encore sur l'usage du passé continu. J'avais environ neuf ans, et je trouvais ce tic un peu étrange, mais je ne m'opposais pas à ce que le professeur me touche les fesses comme bon lui semblait. Ce n'est pas arrivé dès la première fois, mais la deuxième ou troisième fois où je me suis penché sur sa table : il a commencé à me peloter l'intérieur du pantalon de la main gauche, tandis qu'avec la droite, il corrigeait ma rédaction au crayon. Malgré mes petites fautes grammaticales, il appréciait beaucoup mes textes, qui n'avaient rien à envier à ceux de mes camarades anglophones de naissance. J'étais le seul élève latino de la classe, majoritairement composée d'Américains, avec un ou deux Anglais, tandis que mister Welsh lui-même était irlandais. Mais à un certain moment, cette main moite qui descendait de plus en plus dans ma raie du cul a commencé à me déranger. Cette moiteur m'a soudain paru malsaine, tout comme sa façon sournoise d'agir derrière son bureau, hors de la vue des élèves occupés à leurs pupitres. Un jour, j'ai décidé de ne plus le solliciter, pensant qu'il finirait par me rappeler. Mais non, désormais, mister

Welsh faisait les dictées sans me regarder, sautait parfois mon nom à l'appel et s'attardait longuement avec d'autres élèves à son bureau.

À cette époque, j'ai pris l'habitude de sécher les cours d'anglais pour jouer dans les jardins de l'école, où je construisais des cabanes en bambou avec mon ami Kazuki. Je prolongeais aussi l'heure de la récré pour jouer au base-ball, faute de joueurs suffisants pour le foot. Et puis, la vie s'étendait bien au-delà des murs de l'école : il y avait les fontaines de la ville, les Vespa et les Lambretta, il y avait le cinéma Rex, Alida Valli, Carlo, Hi-Lili, Hi-Lo, il y avait Sandrene, il y avait le visage sévère de Pie XII, il y avait la signorina Grazia, il y avait Graziella. Mille couches de souvenirs d'enfance se sont superposées dans mon esprit, et ce n'est que soixante-dix ans plus tard, au hasard d'une excavation aléatoire, qu'a resurgi de la poussière la figure satisfaite de mister Welsh, avec ses joues rouges. Cette histoire avec lui, je n'envisageais pas de la raconter à qui que ce soit, par pudeur. J'avais peur de passer pour un pédé, mais maintenant je me sens prêt à inclure cette affaire dans un éventuel recueil de mémoires. Avec des passages aussi croustillants, il est possible que le livre soit publié avec succès, peut-être même traduit en anglais. Il est simplement dommage qu'à ce stade, mister Welsh soit très probablement décédé, manquant ainsi l'occasion de voir son nom dans le récit d'un auteur brésilien dont il aimait caresser les fesses lisses de jeune garçon. Mais peut-être a-t-il laissé des enfants, des petits-enfants, voire des arrière-petits-enfants, une descendance honorable que mon éditeur anglais pourrait retrouver pour leur envoyer quelques exemplaires par politesse. Il se pourrait aussi que le livre intéresse un autre lecteur octogénaire comme moi, un ancien élève qui se souviendrait d'un professeur irlandais de la Notre Dame International School à Rome. Peut-être le fils d'un diplomate américain ou d'un cadre anglais, qui se rappellerait lui aussi avoir cambré le dos pour que mister Welsh lui caresse les fesses.

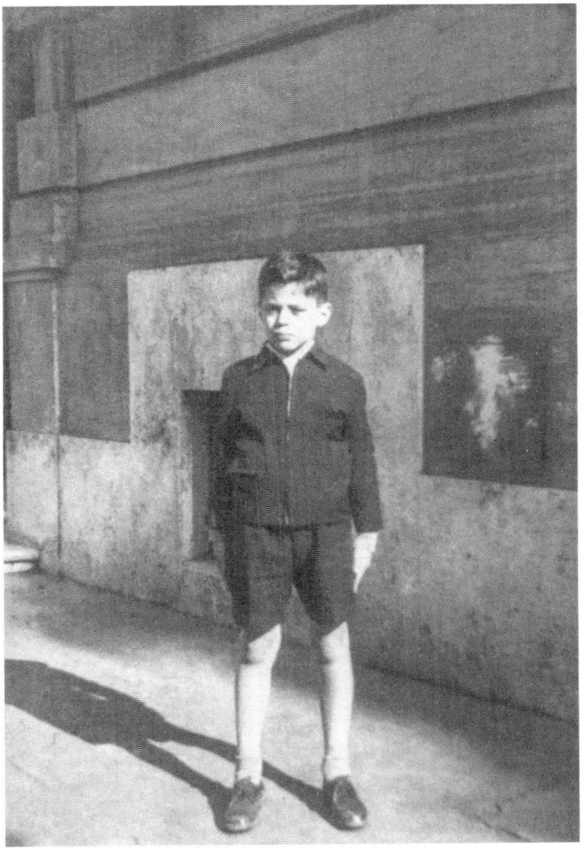

Chico à dix ans.

3

Je ne sais pas si c'étaient les grands manteaux de laine, bien trop larges pour nous, ou ces pantalons de golf complètement démodés. Avant le voyage, ma mère avait pris soin d'acheter nos vêtements d'hiver au Brésil, où ils étaient moins chers. Elle l'avait fait sans doute en période de soldes, ou dans une boutique qui offrait une réduction pour l'achat de trois tailles différentes du même modèle. Mais ici, lorsque je sortais avec mes deux grands frères, les autres garçons nous montraient du doigt dans la rue, ou parfois même nous suivaient en lançant des remarques et en ricanant. Ils ne se moquaient pas de la langue étrangère, puisque nous parlions à peine ; entre frères, on n'a jamais grand-chose à se dire. C'était peut-être la coupe de cheveux, les bottines en daim, ou notre démarche – peu importe, le fait est qu'à l'étranger, les gens étranges, c'étaient nous. Aussi, j'ai commencé à sortir seul et j'ai remarqué que de nombreux garçons, bien plus étranges que moi, se promenaient sans attirer l'attention, du moment qu'ils n'étaient pas accompagnés d'une famille étrange. Et cette part d'étrangeté qui me restait s'estomperait bientôt si je me fondais parmi les garçons d'ici.

Coppi… je ne pouvais déjà plus ignorer qui était Fausto Coppi, le plus grand cycliste de tous les temps.

Au début, j'avais cru que *coppi* voulait dire capsule de bouteille en italien. Près du petit lac, sur le sentier de cailloux de la Villa Paganini, les garçons avaient tracé une piste sinueuse de terre pour recréer une étape du Giro d'Italia, le tour d'Italie à vélo. D'une pichenette, chacun faisait rouler sa capsule à la verticale, à laquelle il donnait le nom d'un cycliste célèbre. Le premier de la file, bien sûr, choisit Coppi, et c'était vraiment un champion. Il fit tournoyer sa capsule de Coca-Cola sur la ligne de départ, décrire deux virages à droite et à gauche, franchir une bosse, descendre une rampe et s'arrêter à seulement quatre pas de la ligne d'arrivée. La victoire de cette étape lui était pratiquement acquise, car les concurrents suivants, avec leurs capsules de soda aux noms de cyclistes français ou belges, ne dépassèrent pas le deuxième virage. J'étais le dernier de la file et venais de ramasser une capsule de bière Peroni trouvée par terre, avec les bords tout tordus, comme si elle avait été ouverte avec les dents ; ne connaissant aucun cycliste, il me vint à l'esprit de baptiser ma capsule Caramuru. Mon habileté au jeu de "football de boutons" ne m'était guère utile ici, mais au moment critique, je fus surpris par la puissance de ma chiquenaude. Avec sa déformation, Caramuru ressemblait à un cycliste ivre, mais malgré ses embardées, il franchit la ligne droite, les virages, la bosse, la rampe, et ne s'arrêta que parce que Coppi lui barrait la route. Il trébucha, tituba et finit par s'effondrer sur Coppi, dont le propriétaire ne se montra pas très fair-play : il saisit ma capsule, la jeta au milieu du lac et s'écria : *Caramuro non esiste !*

Comme aucun Italien ne fréquentait mon école, c'était dans la rue que je m'adaptais au pays. Et il n'était pas difficile de faire sensation auprès des garçons de mon âge en étant le propriétaire d'un ballon en cuir de marque Drible n° 5, cadeau de Noël de ma marraine au Brésil. Après quelques malentendus, j'avais réussi à convaincre la bande de la Villa Paganini que le ballon m'avait été offert par Ghiggia lui-même, le célèbre joueur uruguayen tout juste recruté par l'AS Roma. Oui, le ballon avait appartenu à mon parrain Ghiggia, avec lequel il avait marqué le but de la victoire de l'Uruguay contre le Brésil lors de la dernière finale de Coupe du monde au Maracanã. Sur le petit terrain de gazon du parc, je leur appris à délimiter les cages avec nos vestes, et un match improvisé à quatre contre quatre débuta. Les Italiens jouaient un peu brutalement et le propriétaire de la capsule Coppi faillit bien envoyer le ballon dans le lac. Lorsqu'il me donna un coup dans le tibia, un peu trop violent, j'entendis un coup de sifflet et imaginai qu'un arbitre signalait la faute. Mais, soudain, je me retrouvai seul sur la pelouse et le gardien de parc s'approcha, sifflet à la bouche, furieux. Moi, qui avais toujours eu une peur instinctive de la police, je ne m'enfuis pas uniquement pour ne pas abandonner mon ballon aux mains de ce flic. Je le récupérai près de ma veste, le serrai contre moi et m'éloignai, mais il siffla de nouveau et me désigna un panneau interdisant de marcher sur la pelouse, ce que je ne pouvais pas deviner. Mon expression sincère dut le convaincre, car je ne savais vraiment pas lire ces mots, et il me laissa partir sans confisquer le ballon de Ghiggia – Ghiggia en personne – parce qu'il n'en pouvait plus d'entendre mes jérémiades en portugais.

4

STALIN È MORTO. Au kiosque du Corso Trieste, j'ai reconnu une odeur du Brésil. Je ne sais pas si elle venait du papier journal ou de l'encre utilisée à l'époque, mais, une fois adulte, je n'ai plus jamais retrouvé cette odeur. Enfant, à Rio ou à São Paulo, je flânais près des kiosques, m'enivrant de cette odeur en feuilletant les bandes dessinées et les albums de vignettes. En Italie, les journaux exposés m'ont appris à lire en italien, car je n'ai jamais pris de cours de langue. Mon italien, je l'avais appris à l'oreille, des mots glanés dans la rue ou des chansons que la cuisinière écoutait à la radio.

Comme je le disais, la mort de Staline occupait les unes des journaux et des magazines en ce mois de mars 1953. Pour le meilleur et surtout pour le pire, pendant près d'un mois, on n'a parlé que de Staline, on ne voyait que des photos de Staline. Puis les noms de Molotov, Malenkov et enfin Khrouchtchev sont apparus, ce dernier prononcé Khrouchtchoff à la radio. Ces sujets m'ennuyaient, ces visages flous m'intimidaient ; c'est donc avec soulagement que je vis, affichée en première page, la photo de la jeune femme aux jambes nues : mystère sur la plage. À l'institut médico-légal, le père et le fiancé avaient identifié le corps de Wilma Montesi, un nom simple, presque familier, qui allait remplacer dans l'actualité les patronymes russes compliqués. Désormais, dans les conversations captées dans la rue, à la radio de la bonne, et même autour de la table familiale, on ne parlait plus que de Wilma Montesi. Même mon père, qui avait autre chose à faire, demandait ce qu'il y avait de neuf sur l'affaire Montesi au dîner. Je prenais alors les devants, déroulant les différentes hypothèses sur la mort de la jeune femme. J'annonçais les nouvelles en portugais, bien sûr, mais, pour leur donner un peu de couleur locale, j'imitais l'accent italien que j'avais entendu chez quelques commerçants de São Paulo. Les mots et les expressions que je ne comprenais pas, je les remplaçais sans hésitation par d'autres, mais je restais globalement fidèle au texte original. Un jour, en écarquillant les yeux, j'annonçai que la Montesi était morte noyée dans un *pediluvio*, ignorant que ce terme désignait simplement un bain de pieds. Chez moi, on ne me prenait pas vraiment au sérieux, mais j'ai compris avec le temps que le traducteur est le parfait exemple du professionnel minable et sous-payé. Je ne vais pas m'attarder sur la langue italienne, où le métier est souvent associé à un jeu de mots éculé, mais combien de fois ne jette-t-on pas des pierres au traducteur pour avoir traduit littéralement une histoire mal racontée ? Ainsi, de retour au kiosque, le marchand de journaux me confirma que la jeune femme était effectivement partie soigner une inflammation au talon avec un bain de pieds, et qu'elle était aussi en fin de cycle menstruel – ce que ma mère refusa de m'expliquer. Menstruation, eczéma, bain de pieds : tout cela combiné avait provoqué un malaise chez la Montesi, qui était tombée dans une mer agitée sans savoir nager. Mais les journaux d'opposition restaient sceptiques, insistant sur la possibilité d'un suicide ou d'un événement plus grave. Ils insinuaient que la police bâclait l'enquête et qu'il pourrait bien y avoir un crime dissimulé impliquant des personnalités influentes. Lorsque les rumeurs se sont mises à viser les plus hauts niveaux du gouvernement, les autorités ont classé le dossier, concluant que la mort de Wilma Montesi était accidentelle. Mais d'après le marchand de journaux, l'affaire referait surface dans les manchettes avant la fin de l'été.

5

Avant mister Welsh, il y eut miss Tuttle, et avant miss Tuttle, il y avait à São Paulo dona Aracy, qui m'avait appris les rudiments de l'anglais à l'école primaire. Mais c'est pour miss Tuttle que j'ai écrit mes premières rédactions en anglais, bien qu'elles aient été secrètement destinées à Sandy L., ou Sandrene. Au début, miss Tuttle me soupçonnait de copier les textes d'un autre, car j'étais un nouveau venu et ma prononciation lui paraissait incompatible avec celle de quelqu'un qui maîtrisait raisonnablement la langue. Et quand elle me demandait quelles étaient mes lectures et mes inspirations, je balbutiais n'importe quoi, sans jamais trouver de réponse convaincante. Mais même dans ma propre langue, je bégayais souvent ; si j'avais parlé avec plus d'aisance, je ne sais pas si j'aurais eu la patience de me consacrer à écrire autant de belles choses, à les réécrire, les raturer et les recopier au propre. Devant Sandrene, je restais sans voix, car parler comme on écrit aurait été ridicule, et un seul mot mal choisi aurait tout gâché. Alors, je lui faisais parvenir des poèmes esquissés, réécrits et recopiés au propre pendant les cours d'Histoire de l'Amérique. Puis je lui écrivais pour les lui demander en retour, car ils auraient toujours pu être améliorés, mais elle était possessive et n'a jamais accédé à mes demandes.

Avant la Notre Dame International School, donc, il y eut l'école des sœurs où j'ai passé un court moment, entre mon arrivée à Rome et les vacances d'été. J'avais été inscrit à Marymount avec ma petite sœur, qui servait de messagère pour mes lettres à Sandrene en échange de boîtes de Golia, ces bonbons à la réglisse dont elle raffolait. Avec cette sœur, je parlais sans retenue, y compris de mes projets de passer une nuit caché avec Sandrene dans les catacombes de Domitille. Je lui avais demandé le secret, mais bientôt je me sentis trahi en entendant des rumeurs selon lesquelles j'allais être renvoyé. Puis, un jour, miss Tuttle m'appela pour des adieux, me laissant quelques lignes affectueuses sur une feuille de cahier que je conserve encore. Elle m'expliqua que les écoles catholiques n'étaient mixtes que jusqu'à huit ou neuf ans, âge où garçons et filles commencent à s'attacher les uns aux autres, ce qui justifiait leur séparation. Je ne voulais pas accepter cette décision ; je refusais l'idée de fréquenter l'école de mes frères aînés, avec qui j'étais toujours en conflit. Dans un élan de colère, j'écrivis une lettre à Sandy L. que j'ai bien fait de ne pas envoyer. Dans cette lettre, je maudissais la mère supérieure, rompais définitivement avec l'Église catholique et déclarais mon intention de devenir athée, comme mon père.

Avant Sandrene, il n'y avait eu que Leslie Caron, l'actrice du film *Lili*, le premier que j'aie vu à Rome. Je sortis du cinéma éperdument amoureux, et en arrivant à l'école le lendemain, je reportai cette passion sur Sandrene, persuadé qu'elle ressemblait trait pour trait à Leslie Caron. Encore aujourd'hui, lorsque j'essaie de me rappeler le visage de Sandrene, c'est celui de Leslie Caron qui me revient en mémoire, sans que j'aie besoin de revoir le film ou les photos de l'époque. De Sandrene elle-même, en fermant les yeux, il ne me reste que l'image de ses cheveux bruns en bataille lorsqu'elle jouait dans la cour. Une fois, alors qu'elle enlevait son manteau pour courir, elle laissa tomber une petite carte d'écolière que je m'empressai de ramasser. Il portait son nom complet et celui d'une association qui semblait être une école de danse, mais je ne pus bien lire, car elle rougit et me l'arracha des mains. D'abord, j'ai pensé qu'elle avait honte de suivre des cours de ballet, mais cela n'avait pas de sens, puisque danser et chanter étaient ce que Sandrene aimait le plus faire pendant la récré. Ensuite, j'ai pensé qu'elle n'aimait peut-être pas la photo sur la carte, elle s'y trouvait peut-être un peu dents de lapin, ou bien elle aurait préféré être blonde et sans boucles. Finalement, je me suis convaincu qu'elle détestait son nom de famille italien, raison pour laquelle elle signait Sandy L. ses devoirs et les billets qu'elle me faisait passer. Par prudence, je n'ai jamais mentionné ce fameux nom de famille, et partager ce secret nous rapprochait un peu plus. C'était comme si moi seul connaissais une de ses petites failles, une porte cachée qui la rendait accessible rien qu'à moi. Pour que mon amour ne lui monte pas à la tête, toutefois, je faisais mine, de temps en temps, de m'intéresser à ses amies pâlottes et sans formes, des Américaines ou des Anglaises qui, en retour, ne m'accordaient jamais la moindre attention. Peut-être aussi que Sandy L. appréciait mon côté exotique, mais qu'elle rêvait, au fond, d'épouser un boy américain ou anglais de bonne famille. Dans ce cas, je continuerais à lui envoyer mes poèmes dans un anglais impeccable, sous pseudonyme, et je me contenterais de l'avoir comme amante dans le futur.

Pour m'occuper pendant les vacances, j'avais subtilisé dans le bureau de mon père un paquet de papier à lettres; et si j'avais été plus avisé, j'aurais également pris du papier carbone pour garder une copie de mes écrits. Ma mère, au début, trouvait étrange que je passe les journées ensoleillées enfermé dans ma chambre, mais elle respectait mon souhait de ne pas être dérangé. À elle seule, j'avais révélé mon projet d'écrire un grand roman, sans toutefois confesser à qui il était dédié. Elle ne m'interrompait que pour les repas : à table, Machado de Assis, aujourd'hui c'est des gnocchi, Machado de Assis. Elle ignorait que mon roman était écrit en anglais, ce qui ne pouvait être autrement, car Sandrene ne parlait aucune autre langue. Dans mes désirs, je voyais Sandrene me rejoindre cet été-là et, avec son caractère impétueux, me demander de lire mon roman avant qu'il parte à l'impression. Je l'imaginais assise sur le lit derrière moi, lisant par-dessus mon épaule le livre que j'écrivais en son honneur.

J'ignore comment mon père ne s'est pas aperçu de la disparition de ses papiers à lettres, car le roman, achevé juste à la veille de la rentrée, comptait presque deux cents pages. Déjouant la vigilance de ma mère, je demandai à ma sœur de remettre le manuscrit à Sandrene, et passai le reste de la journée à imaginer ses réactions, comme si c'était enfin à mon tour de lire par-dessus son épaule. Le soir, j'interrogeai ma sœur sur la façon dont ça s'était passé. Elle me répondit "plus ou moins bien" : Sandrene avait accepté le pavé de bonne grâce, mais en tournant les talons, elle avait murmuré un *bullshit*. J'avais du mal à concevoir un tel mot dans la bouche de ma bien-aimée, et ma sœur admit qu'elle avait peut-être mal compris en anglais. Elle ne pouvait pas en être sûre, mais croyait avoir aperçu, en quittant l'école, les pages détachées de mon roman éparpillées sur le bitume mouillé de la via Nomentana.

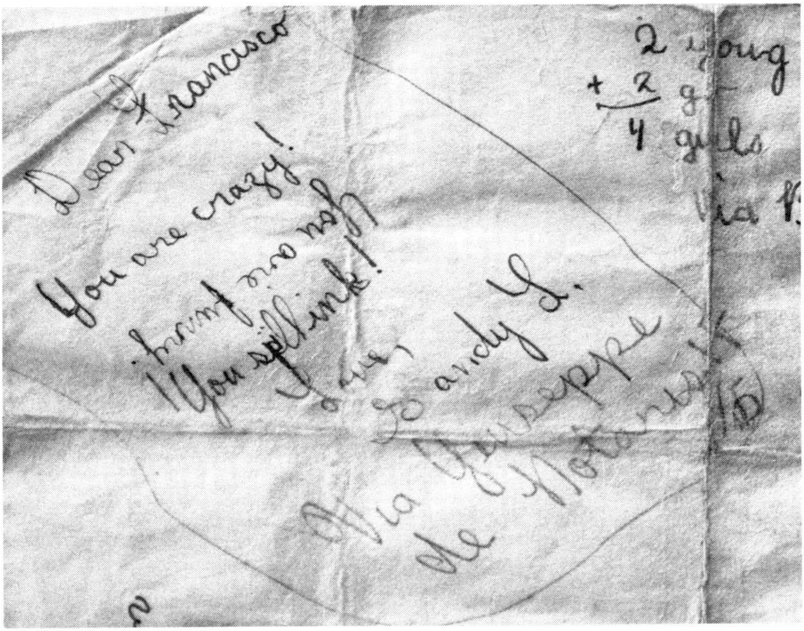
Dear Francisco
You are crazy!
Love,
Sandy S.
2 young
+ 2
4 girls

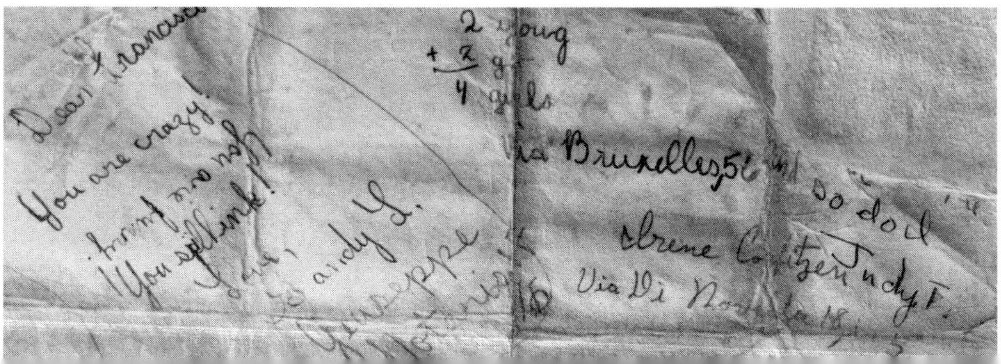
Dear
You are crazy!
You are funny
You stink!
Love,
Judy L.
2 young
+ 2
4
Via Brunelleschi 56
so do I
Irene
Judy F.
Via Di

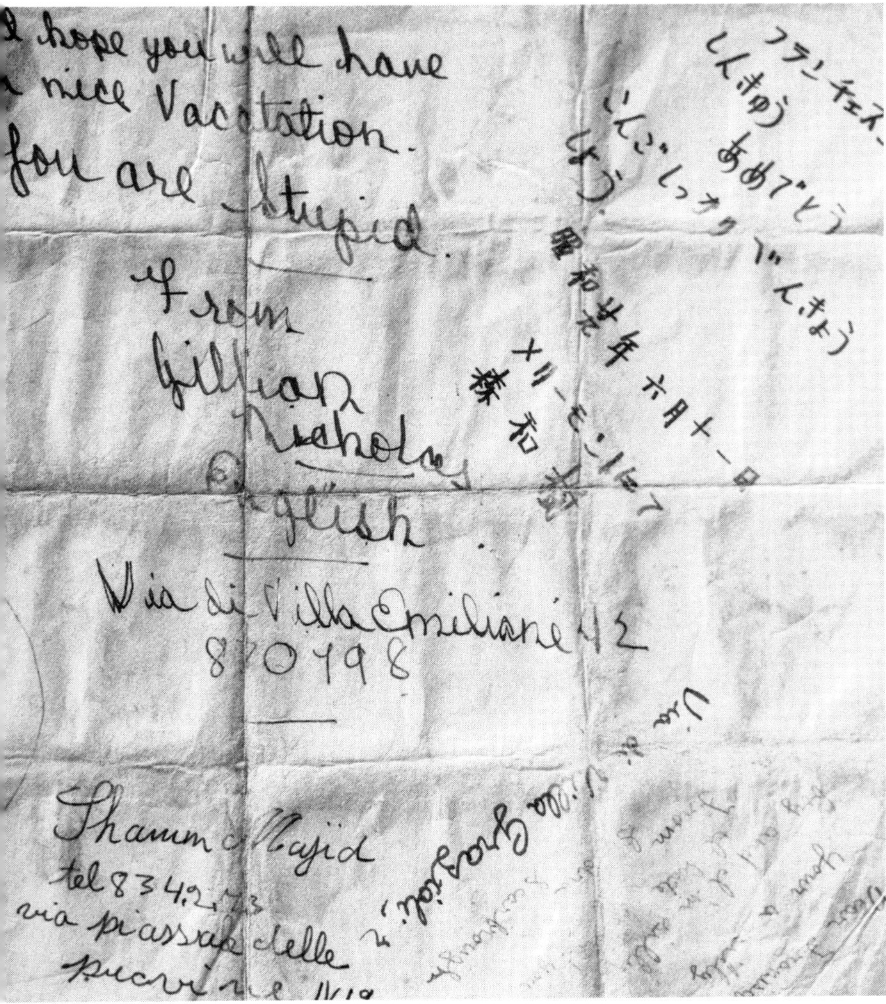
I hope you will have
a nice Vacation.
You are stupid.
From
Gillian
Nicholas
English
Via di Villa Emiliane 12
870498
Shamm Majid
tel 834.2.73
via piassa delle
フランチェスカ
昭和47年六月十一日
森和

6

Amadeo, le fils de l'épicier, ne quittait jamais sa casquette et avait une peau d'un teint jaunâtre, tirant sur le vert. Je crois qu'il n'allait pas à l'école, car il était toujours là, à aider ses parents dans l'épicerie du coin. Il était à peu près de ma taille, et c'est avec lui que j'avais appris mes premiers mots d'italien : *calcio*, *pallone*, *fuorigioco*, *và a fancullo* – des trucs de football. Tôt le dimanche matin, nous allions tous à la messe du quartier, sauf mon père, et j'avais toujours de nouveaux péchés à confesser à un prêtre impatient. Maman et les aînés étaient à jeun pour la communion, et à peine de retour pour le petit-déjeuner, Amadeo m'appelait depuis la rue : Brasiliano ! Je sortais avec le ballon en cuir, et nous jouions au foot toute la journée dans la rue, seulement interrompus par son père, qui l'appelait sans cesse pour l'aider au travail ; l'épicerie ne fermait que les lundis, et je crois que c'est dans le fond de la boutique que les épiciers habitaient.

Ma famille était moins pauvre que celle d'Amadeo, mais c'était sans comparaison avec le niveau de mes camarades de classe ; il suffit de dire que nous ne possédions même pas une Fiat Cinquecento. Pendant que j'allais à l'école en bus, eux arrivaient avec leurs parents ou leurs chauffeurs dans des voitures américaines : Studebaker, Oldsmobile, Buick, Chrysler,

Chevrolet Corvette – je connaissais toutes les marques et je savais précisément à qui chacune appartenait. Mes camarades étaient Sam, Jim, Joe, Jack, Dave, Bob et d'autres prénoms qui m'échappent maintenant. J'avais essayé de me faire appeler Frank, mais le surnom n'a pas pris. Pour la plupart, j'étais Francesco, peut-être parce qu'ils m'imaginaient *mezzo* italien ; chaque fois qu'ils avaient besoin de parler à quelqu'un de l'extérieur, c'est à moi qu'ils s'adressaient. Je tenais peu à ce qu'ils sachent d'où je venais ou comment mon père se tuait à la tâche pour entretenir un foyer avec autant d'enfants dans des écoles chères. Sachant que son salaire de professeur d'université ne permettait pas de grands luxes, je pleurai presque quand je reçus en cadeau un vélo nickelé, avec des pneus blancs en prime. Dès lors, je n'ai plus voulu rien savoir d'autre, délaissant même le ballon de foot. Je passais mes journées à pédaler, filant devant l'épicerie sans saluer Amadeo, qui me suivait d'un regard envieux au milieu des aubergines et des courgettes. Le dimanche, au lieu d'aller à pied comme tout le monde, je parcourais les deux cents mètres jusqu'à l'église en vélo. Bientôt, je lâchais le guidon, pédalant les bras ouverts à travers le quartier, jusqu'à m'aventurer du côté du Forum et du Colisée.

Un jour, après la messe et le petit-déjeuner, je décidai de monter jusqu'à Parioli, ce quartier moderne et lumineux où vivaient presque tous mes camarades. En arrivant à la piazza Euclide, j'aperçus des Oldsmobile, des Chevrolet et même une Cadillac Eldorado garées devant l'église du Sacré-Cœur Immaculé de Marie. Vue de l'extérieur, l'église semblait inachevée, ni neuve ni ancienne, et sur son autel se trouvait une de ces statues sacrées qui m'effrayaient un peu : la Vierge portant l'Enfant avec un cœur sur la poitrine. Mes camarades suivaient la messe avec leurs familles, assis dans les premières rangées, et s'ils me voyaient, ils se demanderaient bien ce que Francesco faisait là, à Parioli. Sans me laisser troubler, je me glissai dans la file pour la communion, alors que je n'étais pas à jeun et que recevoir l'hostie deux fois dans la même journée était un sacrilège. Je priai les yeux fermés, à genoux avec eux, et, en sortant, je tombai nez à nez avec Archie, un camarade très populaire à l'école pour ses talents au base-ball. Personne ne l'égalait comme hitter – celui qui frappe la balle –, et lorsqu'il réussissait son coup, la balle franchissait souvent nos murs pour finir chez un Italien grincheux, avec qui j'usais de tout mon latin pour la récupérer. Un jour, alors que je faisais office de catcher – celui qui s'accroupit derrière le hitter, en l'occurrence Archie –, il envoya la balle au bout du monde, mais balança la batte en arrière, que je pris en plein sur l'œil gauche. Devant l'église, Archie et moi nous avons raconté cet épisode à sa mère, une dame élégante portant des lunettes de soleil, qui s'étonna que je n'aie ni masque ni gants rembourrés pour jouer. Elle compatit en apprenant que j'avais gardé un œil au beurre noir pendant plus d'un mois et finit par m'inviter à prendre le breakfast chez eux. Je laissai mon vélo sur place, et nous partîmes dans leur Hudson Hornet, Archie et sa mère devant, moi installé à l'arrière. Le breakfast était composé de jus de fruits, pancakes, bagels, cookies, œufs brouillés au bacon, que je mangeai et repris avec plaisir avant de rencontrer, sur la terrasse, le père d'Archie. Comme mon père, il n'allait pas à la messe et, bien plus grand, il ressemblait à Gary Cooper dans *Le train sifflera trois fois*. Curieux d'apprendre que j'étais brésilien, il me demanda quelle langue on parlait au Brésil. Archie le prévenant que, malgré mon statut d'étranger, j'étais très bien noté en anglais, son père me défia d'épeler le mot "Massachusetts". Sans hésitation, je dis m-a-deux s-a-c-h-u-s-e-deux t-s, et il répétait wow, wow, wow. Ce n'était pas un exploit, mais il me félicita tellement que j'en fus embarrassé. La mère aussi se montra charmante et insista pour m'offrir une "glace à la truffe" en chocolat avant de me laisser partir. Sur le chemin du retour, le ventre trop plein et fatigué de pédaler, je me suis demandé si, là-bas, chez Archie, on ne s'était pas un peu moqué de moi.

7

Le Rex était un cinéma décapotable, pour ainsi dire. S'il ne pleuvait pas, son toit s'ouvrait pendant les entractes et, les nuits de pleine lune, c'était magique de voir la fumée des cigarettes s'élever vers le ciel. La programmation changeait chaque semaine, et chaque semaine j'allais au Rex, quel que soit le film à l'affiche. Quand des films italiens étaient projetés, ma mère tenait toujours à nous y emmener, pour du néoréalisme aussi bien que pour des comédies légères comme *Pain, Amour et Fantaisie*. Mais je préférais les séances du samedi après-midi, quand les enfants du quartier envahissaient la salle. Au début, les filles m'ignoraient, même en me voyant arriver sur mon vélo nickelé. Ce n'est que lorsque j'ai adopté mon blazer bleu marine, orné de l'emblème de la Notre Dame International School, qu'elles ont commencé à me jeter des regards, à se donner des coups de coude et à me sourire en baissant les yeux. Ainsi vêtu, je m'autorisais à m'asseoir au milieu d'elles, pour ressentir leur frisson à l'instant où les Apaches apparaissaient au sommet des montagnes. Ou lorsqu'ils dévalaient au galop, leurs chevaux peints pour la guerre, menaçant de scalper la jeune fille à la chevelure blonde. Plus redoutables encore que les Peaux-Rouges, il y avait les pilotes de chasse japonais dans les films sur la Seconde Guerre mondiale. Ces films, plus rudimentaires et en noir et blanc, culminaient dans des batailles aériennes au-dessus du Pacifique. En gros plan, on voyait le rictus de rage des Japonais mitraillant le fuselage des avions alliés, mais tout finissait toujours avec les chasseurs Mitsubishi piquant en flammes vers la mer.

Les Japonais, qui avaient même leur propre quartier à São Paulo, étaient invisibles dans les rues de Rome. Ce n'est qu'à l'école américaine, où on ne voyait aucun Noir, qu'il y avait quelques élèves asiatiques. Dans les classes de mes frères aînés, je me souviens de quelques Thaïlandais, mais le seul Japonais véritable que je connaissais, c'était mon camarade Kazuki. Chaque fois que je le croisais, je regrettais aussitôt d'avoir applaudi la mort des pilotes japonais dans les films de guerre, en me demandant si l'un d'eux n'était pas de sa famille. Mais Kazuki ne semblait pas affecté ; il souriait toujours, que ce soit en classe ou dans la bambouseraie. Il était doué en mathématiques, mais je ne comprenais pas bien son anglais. Ou peut-être que c'était le mien qu'il ne comprenait pas ; en tout cas, nous parlions peu, nous riions pour des riens. Je l'enviais pour son couteau suisse, avec lequel il taillait les bambous, et pour sa dextérité à manier fil de fer et ficelle dans la construction de la structure de notre cabane. Malgré tous mes efforts pour l'aider, j'étais maladroit, je renversais tout, et il tournait alors son doigt contre sa tempe en disant quelque chose comme *kuru kuru ta*. Et il éclatait de rire, insinuant que j'étais un cinglé, et je lui répondais en pointant vers lui : *kuru kuru ta*. J'avais l'impression qu'il m'avait choisi comme ami parce que j'étais brésilien, parce que je n'avais rien à voir avec les bombes atomiques ni avec l'occupation de son pays jusqu'à l'année précédente.

En classe, Kazuki s'asseyait juste devant moi et on aimait s'échanger des messages. Au dos de son cahier, couvert d'idéogrammes soigneusement tracés à l'encre de Chine, j'écrivais des mots comme chatte, bite, trou du cul de ta mère – des mots qu'il semblait comprendre d'une manière ou d'une autre, car il se retournait pour me lancer un clin d'œil malicieux que je n'aurais jamais imaginé chez un Japonais. Un jour, lors d'une interro surprise de mathématiques, j'observai la rapidité avec laquelle il résolvait des problèmes complexes impliquant des fractions et un certain plus petit commun multiple. Au moment où il se levait pour rendre sa copie, je lui tapotai l'épaule et lui fis signe de me filer discrètement ses réponses. Il se retourna alors vers moi, très sérieux, et me lança un *kuru kuru ta* d'un ton inhabituel, comme si ma demande était insultante ou absurde. J'insistai, tentant même de lui prendre sa feuille, persuadé qu'il plaisantait. Mais quand il me traita de cinglé une deuxième fois, je tournai le doigt contre ma tempe et rétorquai : kamikaze ! Dès lors, notre amitié ne fut plus tout à fait la même. Et, au milieu de l'année scolaire, il fit ses adieux officiels à la classe : son père venait d'être muté à Washington.

Non seulement Kazuki, mais tous les autres semblaient n'être que de passage à Rome, aucun ne se donnait la peine d'apprendre l'italien. J'aimerais bien savoir ce qu'il est advenu de Sam, de Jim, de Roy, de Teddy, de Dan, d'Archie. Sont-ils tous retournés en Amérique ? Ont-ils fait la guerre du Viêtnam ? Qui y a laissé sa vie ? Qui est devenu hippie ? Qui a pris de l'héroïne ? Qui est mort du sida ? Ont-ils fait fortune dans la Silicon Valley ? Pour qui votent-ils aujourd'hui ? Mais je ne le saurai jamais, car pour moi ils sont restés Jim, John, Joe, Bob ; je n'ai jamais appris leurs noms de famille, et à l'époque, on ne prenait même pas de photo de classe. Le seul dont j'ai eu des nouvelles, c'est Charles, mais il est trop tard maintenant pour le retrouver, il est mort. Nous étions dans la même classe depuis l'école des bonnes sœurs, mais, à l'époque, on se parlait à peine. J'avais les yeux rivés sur Sandrene et je ne sais pas si Charles, de son côté, craquait aussi pour d'autres filles. À l'âge où la plupart des garçons commencent à prendre les traits de leur père, il conservait une beauté délicate, à vrai dire féminine. Je suis sûr que, s'il avait eu le choix, Charles, comme moi, aurait préféré continuer l'école avec les filles ; il se sentait mieux en leur compagnie. De mon côté, je m'efforçais tant bien que mal de m'intégrer aux garçons, de peur de me sentir encore plus étranger que je ne l'étais déjà. Mais Charles, lui, ne jouait jamais au base-ball, ne participait pas aux jeux, ne riait presque jamais, même pas pour les blagues sur les pédés, dont, en dehors des gestes maniérés, nous ne savions pas ce que cela signifiait. Certains insinuaient même qu'il en était un, mais peut-être qu'il traversait simplement une mauvaise période. J'avais entendu dire que ses parents s'étaient séparés, et j'aurais aimé me rapprocher un peu de lui, percer ses mystères, si je n'avais pas craint de le gêner. Une fois, pourtant, il m'aborda et me remit discrètement une enveloppe. Ce n'est qu'en l'ouvrant que je découvris que Charles s'appelait en réalité Carlo. C'était une invitation pour une soirée dansante chez Carlo De Mejo, viale Bruno Buozzi, dans le quartier de Parioli.

8

Tu pensi que cachaça è acqua?
Cachaça non è acqua, no
Cachaça viene dell'alambicco
E l'acqua viene del ruscello

(Tu penses que la cachaça, c'est de l'eau?
La cachaça, ce n'est pas de l'eau, non
La cachaça vient de l'alambic
Et l'eau vient du ruisseau)

Avec cette *marchinha* de carnaval, je voulais enseigner le portugais à Amadeo, mais impossible de lui faire assimiler mes leçons, surtout en musique. Quand j'ai quitté le Brésil, cette chansonnette sur la cachaça faisait un tabac à la radio, dans les rues et dans les salles des fêtes du nord au sud du pays. Chaque année, c'était pareil: les *marchinhas* ou les sambas de carnaval tournaient en boucle de la fin de l'année jusqu'au mercredi des Cendres, puis disparaissaient du jour au lendemain. D'autres genres prenaient le relais, mais comme j'avais quitté le Brésil avant le carnaval, la *marchinha* de la cachaça restait gravée en moi, tournant des mois et des mois dans ma tête. Bien sûr, j'écoutais d'autres chansons, à la radio, au cinéma ou même aux thermes de Caracalla, ces ruines romaines où ma mère nous emmenait pour des opéras populaires. J'aimais toutes ces mélodies, les arias, les tarentelles, mais elles ne s'imprimaient pas dans ma tête, elles entraient par une oreille et ressortaient le lendemain par l'autre. Alors la *marchinha* de la cachaça revenait s'installer, comme un supplice. Pour quelqu'un qui a l'oreille musicale, une chanson comme ça cesse d'être de la musique et devient un bourdonnement incessant dans le tympan. Elle me perturbait autant que ces musiques d'ambiance qui troublent une conversation, une lecture ou même une pensée. Un dimanche où je croyais enfin m'en être libéré, elle revint en force sous forme de sifflement. En pleine messe, je découvris soudain que je savais siffler, après de nombreux essais infructueux faits de soufflements stériles et de postillons. Sans réfléchir, je sifflai bien fort quatre mesures de la *marchinha* de la cachaça, jusqu'à ce que ma mère me pince. Il reste que je suis devenu un siffleur accompli, à l'image des artistes de l'époque qui enregistraient des albums de huit pistes mêlant sifflements et orchestre. Je devais me surveiller pour ne pas siffler en classe, et même dans la rue, siffler n'était pas très bien vu, alors imaginez dans un bus bondé en route vers Parioli.

En gardant profil bas et me sentant un peu comme un intrus, je sonnai à la porte de la maison de Charles, ou plutôt Carlo, où Dean Martin chantait "That's Amore". La fête se déroulait dans un mélange d'anglais et d'italien et, depuis l'entrée je ne distinguai personne d'autre que Charles/Carlo, qui m'accueillit en mêlant lui aussi les langues. Peu à peu, j'aperçus quelques filles de Marymount, mais peu de garçons, et aucun de Notre Dame. Seuls trois ou quatre couples dansaient dans le grand salon, où les fauteuils et les tapis avaient visiblement été déplacés. Quand Leslie Caron commença à chanter le tube du moment, "Hi-Lili, Hi-Lo", les invités se mirent à chanter en chœur, si bien que je ne comprenais plus ce que Carlo me disait. Il dut se pencher à mon oreille pour me souffler : *remember Sandrene ?* Sandrene se tenait derrière moi, presque méconnaissable dans sa jupe évasée, ses cheveux relevés, avec un appareil dentaire. Elle rougit soudain en me voyant face à face, puis me fixa intensément dans les yeux et sourit. Elle savait que j'aimais la voir rougir, et peut-être avait-elle même appris à le faire exprès, à la manière de cette comédienne d'autrefois, célèbre pour son talent à pâlir sur scène. Mais avant de l'inviter à danser, je tenais à ce qu'elle comprenne que je n'avais pas oublié son point faible et que je ne lui pardonnais pas si facilement ; alors je lui lançai : *buona sera, signorina Sandra. Buona sera, signor Francesco*, répondit-elle en éclatant de rire, avant de poser sa main gauche sur la nuque de Carlo et de partir danser avec lui. Après "Hi-Lili, Hi-Lo", ils enchaînèrent avec "Cheek to Cheek", et on voyait combien ils avaient répété leur numéro façon Ginger Rogers et Fred Astaire. Pourtant, personne ne prêtait vraiment attention à leur performance, car la grande attraction de la fête était une platine encastrée dans un meuble aux pieds compas, avec des vinyles en piles ou éparpillés çà et là hors de leurs pochettes. La place de disc-jockey était très convoitée, et aucun album n'était écouté jusqu'au bout ; après une ou deux pistes, quelqu'un en mettait un autre. Je réussis à m'intégrer à ce petit cercle et fus attiré par une pochette des Ink Spots, où on distinguait quatre chanteurs noirs partageant un micro. J'attendis calmement mon tour, et lorsque Frank Sinatra acheva "Young at Heart", je soulevai le bras du tourne-disque et mis mon propre album sur la platine.

J'avais à peine commencé à savourer les Ink Spots qu'une fille interrompit la chanson en faisant grincer l'aiguille sur le disque pour remettre "Hi-Lili, Hi-Lo", qui était déjà passé une dizaine de fois. C'était Sandrene elle-même qui, en pivotant, se tourna vers Carlo, déjà occupé à danser avec une autre, une Indienne de la classe de ma sœur. Après une courte hésitation, Sandrene accepta de danser avec moi, mais je sentais bien qu'elle surveillait Carlo par-dessus mon épaule. Avant même la fin de "Hi-Lili, Hi-Lo", elle me lâcha au beau milieu du salon, sous prétexte que j'avais sifflé à son oreille, et alla tirer l'Indienne des bras de Carlo. Ce soir-là, j'ai goûté pour la première fois à ce que c'est d'être cocu, une leçon amère entre toutes, mais je n'avais pas de temps à perdre avec des gamines. J'étais impatient de grandir, de devenir adulte, d'aimer mille et une femmes, jusqu'à rencontrer une fille sérieuse pour l'épouser et être trompé, une femme accomplie comme la signorina Grazia, professeure d'italien de mon père.

L'orchestre de Tommy Dorsey attaqua "Just One of Those Things", et c'est alors que mes yeux croisèrent ceux d'une femme encore plus éblouissante que la signorina Grazia, resplendissante comme une star de cinéma. À ses traits, je compris aussitôt qu'elle était la mère de Carlo, assise sur le canapé à côté d'un homme mince au front large, peut-être son nouveau mari. J'eus du mal à croire qu'elle m'adressait un signe ; elle avait appris par Carlo que j'étais brésilien et, dans un anglais teinté d'accent italien, elle me dit qu'elle adorait mon pays. Elle était fan de Carmen Miranda, qu'elle avait rencontrée à Hollywood, et s'émerveilla en apprenant que j'étais né à Rio de Janeiro. Elle avait entendu des merveilles sur Rio par son ami Orson Welles, qui aimait la cachaça et chantait même une samba qu'il avait apprise lors d'un tournage avec Grande Otelo à Copacabana. Elle se mit alors à fredonner "No Tabuleiro da Baiana", mais à ce moment-là, quelqu'un remit "Hi-Lili, Hi-Lo" en montant le volume à fond. La mère de Carlo se leva, m'invita à danser, et voilà que j'enlaçais sa taille, feignant de la guider tout en étant en réalité guidé par elle dans les pas de la valse. Nous dansâmes "Hi-Lili, Hi-Lo" jusqu'à la fin, moi à la hauteur de sa poitrine, respirant son parfum, imaginant mille choses, tout en gardant une distance respectueuse entre nos corps. À la fin de la chanson, elle me remercia, se pencha pour m'embrasser sur la joue, retourna auprès de son mari, et je ne me souviens plus de rien du reste de la soirée. Quand je repris mes esprits, je vis ma mère, arrivée pour me chercher et qui saluait les maîtres de maison. Dans le taxi, elle me reprocha de ne pas lui avoir dit que j'étudiais avec le fils d'Alida Valli; si elle l'avait su, elle se serait habillée autrement. Je ne savais pas qui était Alida Valli, mais pour ma mère, elle était la plus grande actrice du cinéma italien. Plus tard, je la découvrirais dans les films de Hitchcock, Antonioni, Vadim, Pasolini, Bertolucci et bien d'autres. Pour couronner le tout, dans *Théorème*, je vis mon camarade Carlo De Mejo dans le rôle d'un jeune prostitué, nu dans un lit avec Silvana Mangano. Dans la vraie vie, j'avais simplement dansé avec la plus belle femme du monde, ce que ma mère refusa de croire, m'intimant d'arrêter de fanfaronner. À partir de cette nuit-là, "Hi-Lili, Hi-Lo" s'est incrusté dans ma tête.

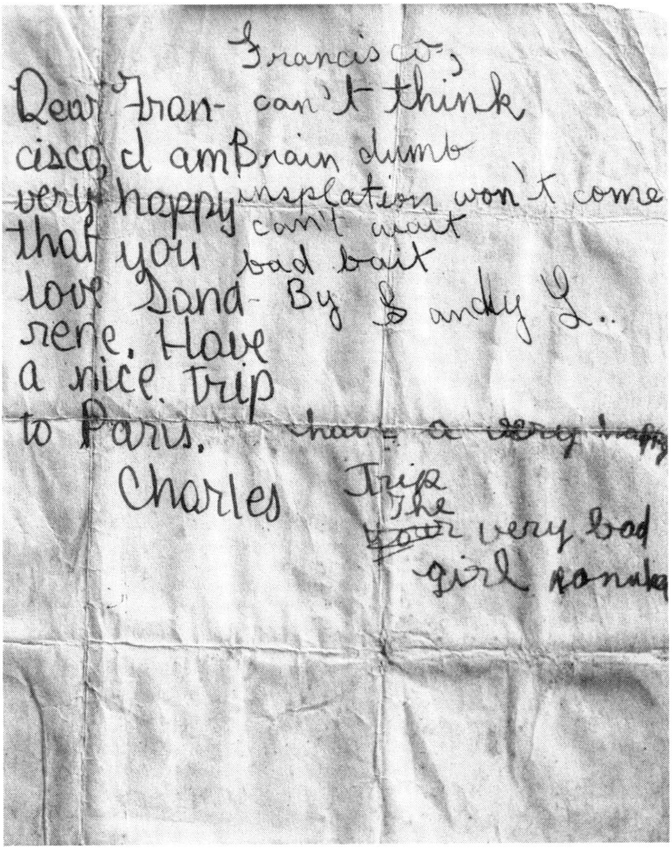
Francisco,
Dear Fran- can't think
cisco, I am Brain dumb
very happy insplation won't come
that you can't wait
bad bait
love Sand- By Sandy L..
rene. Have
a nice trip
to Paris. I have a very happy
Charles Trip
The ~~Bour~~ very bad
girl Sonaka

9

Les plus jeunes enfants ne comprenaient pas comment un pays pouvait tenir dans une ville, mais ils m'ont cru quand je leur ai dit qu'au Vatican, on n'avait le droit de parler qu'en latin. On murmurait dans toutes sortes de langues, et les chuchotements dans la salle d'audience allaient crescendo jusqu'à ce qu'une voix s'élève en criant: *silenzio!* Les chuchotements reprenaient peu à peu, une réprimande les faisait taire, puis ils recommençaient, car il était impossible de garder longtemps le silence parmi une centaine de personnes debout, confinées dans cet espace exigu et étouffant. Une barrière basse en bois massif, surveillée par des gardes suisses, isolait une zone plus large de la salle, où de temps à autre quelques jeunes gens en soutane marchaient sans hâte. Çà et là, on entendait des gémissements, des soupirs, et une vieille dame semblait avoir perdu connaissance, passant de bras en bras pour être sortie du lieu. Moi aussi, j'étais au bord de l'évanouissement, mort de faim et de soif, quand soudain, au bout gauche de la zone réservée, un rideau rouge s'ouvrit, théâtral. Je pensais que des applaudissements éclateraient, mais ce fut un murmure caverneux de prières en plusieurs langues qui emplit l'air. Sa Sainteté arrivait, assise sur un trône, la *sedia gestatoria*, que douze palefreniers en livrée portaient sur leurs épaules.

En le voyant vêtu de sa robe blanche, ma petite sœur s'exclama : la pape, elle se fatigue pas trop, hein ?

Avec un regard absent, le pape adressait un signe de croix las vers la foule, et sans ce geste, j'aurais juré qu'il sortait d'un musée de cire. Il avait le teint grisâtre, et moi, impatient d'en finir, je redoutais que le cortège ne s'immobilise à tout moment. Il s'arrêta en effet, pile devant moi, et je l'aperçus de très près, je crois même que j'ai vu quelques poils dans les narines de son nez crochu. Lorsqu'il menaça de regarder dans ma direction, un frisson me parcourut, et j'aurais fui si j'avais pu. Je passai le reste de la journée, et même de mon enfance, à avoir peur du pape. La nuit, je rêvai de lui, étendu dans une chambre mortuaire, les yeux à demi ouverts, m'appelant d'une main décharnée.

Pie XII ne tarderait pas à mourir en effet, après une douloureuse agonie et deux attaques cérébrales, et pour le remplacer, le conclave élirait Jean XXIII, que le peuple appelait là-bas *il papa buono*. Que le pape Giovanni ait été vraiment bon, difficile à dire, et je n'étais plus à Rome pour avoir le plaisir de le comparer à son prédécesseur. Après tout, même le pape *buono* devait bien avoir ses petits travers, car personne ne peut être totalement innocent à temps complet. Moi, par exemple, malgré une éducation chrétienne, j'ai mauvais fond, des idées perverses m'envahissent souvent, et il m'arrive de souhaiter du mal à mon prochain. J'avais donc aussitôt reconnu chez Pie XII une âme tortueuse. C'était bien avant d'apprendre ses véritables méfaits, mais il est aussi vrai que nul ne peut être totalement mauvais en permanence. Certains disent même, en contrepoint de la rumeur, qu'avec son style princier, hostile à la démagogie, Pie XII aurait sauvé des milliers de Juifs de l'Holocauste. Je voudrais le croire, et j'imagine qu'après ces bonnes actions, si contraires à sa nature, il devait s'effondrer sur son lit papal, tandis que les gardes suisses accouraient avec des éventails et des flabella.

Pour soulager ses maux, son fidèle médecin personnel, l'également aristocratique docteur Riccardo Galeazzi-Lisi, venait toujours à son secours. Cet archiatre jouissait toutefois d'une réputation médiocre dans le milieu scientifique, où il passait même pour un charlatan difficile à défendre, malgré la confiance qu'un homme cultivé comme Pie XII plaçait en lui. Le Saint-Père exigea sa présence à son chevet lors de son agonie à Castel Gandolfo, la résidence d'été des papes. On savait d'ailleurs que le médecin, muni d'un Polaroid caché dans sa blouse, prenait des clichés du pontife mourant, pour les vendre en exclusivité à *Paris Match* puis à des journaux du monde entier. À la mort de Pie XII, Galeazzi-Lisi prit en charge l'embaumement, conformément à la tradition papale. Il créa alors une méthode révolutionnaire qu'il baptisa osmose aromatique, semblable au procédé utilisé pour le corps du Christ, et qui permettait d'assurer la préservation éternelle du corps. Sans recours aux incisions ni aux injections, la méthode consistait à plonger le sujet dans une mystérieuse combinaison d'huiles végétales et de résines pour le désoxyder, avant de l'envelopper dans de la cellophane pendant vingt-quatre heures. Malheureusement pour le médecin, le cadavre entra dans une décomposition fulgurante, la plus rapide de l'histoire de la médecine, dégageant des miasmes insupportables, comme l'a rapporté la presse de l'époque. Au cours du trajet en voiture découverte de Castel Gandolfo jusqu'au Vatican, escorté par une foule de fidèles, l'accumulation de substances chimiques dans l'abdomen, exacerbée par la chaleur sous l'enveloppe de cellophane, fit gonfler le corps du pape jusqu'à ce qu'il explose sur la via Appia. On organisa à la hâte un nouvel embaumement pour permettre la présentation du défunt lors des trois jours de funérailles. Malgré tout, les milliers de fidèles venus lui rendre hommage dans la basilique Saint-Pierre furent témoins d'atroces métamorphoses de la peau et du cartilage de son visage, qu'une équipe de spécialistes s'efforçait de restaurer discrètement chaque nuit. À grand renfort de masques en latex, de maquillage, de prothèses et de remplissages, tant d'interventions furent nécessaires qu'au moment de l'inhumation, Pie XII ressemblait véritablement à un bonhomme de cire.

10

RIAPERTO IL CASO WILMA MONTESI. J'étais arrivé au kiosque juste pour sentir l'odeur des journaux, au mieux pour connaître le résultat du match de ma Fiorentina en attendant le bus ; j'avais juste assez de monnaie pour l'aller-retour à l'école. Mais je ne résistai pas à l'envie d'acheter le journal qui annonçait la réouverture du cas Montesi. Impossible de lire toute la une sur place, car j'étais petit et une foule me bouchait la vue. Honte !, criaient les gens, morceaux de merde !, porc Dieu ! Un homme éclata d'un rire forcé et lança un *puttana !* à propos de Wilma Montesi, cette vierge de pacotille, pour traduire librement. Une dame s'apitoyait sur la mère de Wilma, rejetant la faute sur les mauvaises fréquentations de la jeune fille : débauchés, bons à rien, artistes avec qui la Montesi s'était acoquinée. Je courus à la maison pour montrer le journal à ma mère, qui lut l'article pour elle-même, estimant le contenu trop déplacé pour les mineurs, et malgré mon insistance, elle refusa de m'expliquer ce qu'étaient la cocaïne ou le sexe à gogo. C'était pourtant la partie que j'avais déjà lue : dans une maison sur la plage près de Rome, la Montesi avait participé à une orgie où abondaient cocaïne et sexe à gogo. Mais ma mère ne prêta pas attention à l'essentiel, probablement parce qu'elle n'avait pas reconnu le visage de l'homme qu'elle avait salué à la fête chez Carlo. Sur une photo en bas de page, c'était bien lui, Piero Piccioni, musicien de jazz et amant d'Alida Valli. À droite figurait son père, leader de la Démocratie chrétienne et ministre des Affaires étrangères, l'*onorevole* Attilio Piccioni. Honorable, c'était le titre donné à chaque homme politique en Italie, et le contraste était franchement défavorable au fils. Mais je confrontais les photos des deux hommes, père et fils : l'honorable et le bon à rien, le chrétien et le libertin, le ministre et le musicien de jazz, le chef de famille et l'amant de l'actrice, et malgré moi mon cœur penchait toujours du mauvais côté.

On a beaucoup écrit sur les artistes de génie qui se révèlent de véritables crapules dans leur vie personnelle. Moi aussi, je sais faire la distinction entre le créateur et la créature, et je garde une admiration intacte pour des œuvres d'auteurs dont je ne partagerais jamais la table. Mais je dois avouer qu'aujourd'hui, en écoutant la musique de Piero Piccioni, je tends à penser qu'il était au fond un bon type, bien que sans comparaison avec Nino Rota en matière de bonté. Enfant, en revanche, je pariais sur son innocence simplement parce qu'il était l'homme d'Alida Valli et m'avait permis de danser avec elle. Alida Valli était un alibi presque parfait pour Piero Piccioni, on l'avait vue à ses côtés en vacances sur la côte amalfitaine jusqu'au jour du drame. Il fut toutefois bientôt établi qu'au matin, ce jour-là, Piccioni avait eu un malaise et était rentré à Rome, où un clinicien renommé l'avait examiné et lui avait ordonné le repos absolu, se disant en outre prêt à témoigner en sa faveur. Malgré tout, Piero Piccioni fut placé en détention provisoire, inculpé d'homicide et d'usage de drogues. L'accusation affirmait que, dans cette villa côtière fréquentée par la haute société romaine – entrepreneurs, banquiers, comtes, marquis, chanteurs lyriques, et même le médecin personnel du pape, le docteur Galeazzi-Lisi –, Wilma Montesi avait été prise de convulsions et avait sombré dans le coma, victime d'une overdose. La croyant morte et redoutant un scandale retentissant, l'accusé et un complice auraient alors traîné son corps à demi nu jusque sur la plage, où elle fut retrouvée sans vie le lendemain.

Alida Valli défendit toujours Piero Piccioni, même après la fin de leur relation, et finalement il fut acquitté en cour d'appel. Son honorable père termina sa carrière politique dans l'humiliation, tandis que le fils voyait grandir sa renommée comme compositeur de musiques de films. Dans le milieu musical, cependant, par plaisanterie ou par jalousie, il hérita du surnom de l'Assassino.

11

Avoir pour mère une sublime actrice de cinéma ne doit pas être facile, cela doit susciter chez un fils un mélange de gêne et de jalousie diffuse. Et quand cette mère passe de la célébrité aux pages des faits divers, je peine à imaginer ce qui peut traverser l'esprit d'un garçon. Je n'ai pas eu l'occasion de parler avec Carlo, qui avait cessé de venir à l'école dès que l'affaire avait éclaté dans les journaux. Lorsque, au fil de la semaine, les professeurs omirent son nom à l'appel, je compris qu'il ne reviendrait plus étudier avec nous. Le dimanche matin, j'allai à vélo jusqu'à son immeuble, mais toutes les fenêtres de son appartement étaient closes, et les rideaux rigoureusement tirés. J'avais lu qu'Alida Valli tournait avec Visconti entre Vérone et Venise, et je me demandais si les artistes, comme des gitans, emmenaient leurs enfants de ville en ville au gré de leurs déplacements. Mais si elle cherchait vraiment à protéger son fils des médisances, elle aurait sans doute mieux fait de l'envoyer loin de là, peut-être chez son père, lui aussi musicien de jazz et, à ma connaissance, installé à New York. Restait à savoir dans quels termes étaient Alida Valli et son ex-mari, Oscar De Mejo, depuis qu'elle l'avait quitté pour l'un de ses amis.

Je crois qu'avant le scandale, j'étais le seul dans toute l'école à savoir que Carlo était le fils d'une grande actrice. J'avais pris soin de ne pas parler de la fête chez lui, pour ne pas blesser nos camarades, qui n'avaient pas été invités et ne m'auraient pas pardonné cet affront. Après cette soirée, Carlo et moi sommes devenus plus proches, nous avons découvert des intérêts communs, bien éloignés de l'univers de Sandrene. Nous avions tous les deux cette manie d'inventer des mots et communiquions dans une langue d'un autre monde. Un jour, je lui ai même montré dans mon carnet de croquis les cartes des villes, des pays et des continents de ma planète imaginaire. Et par considération pour notre amitié et son tempérament discret, je ne me serais jamais vanté d'avoir dansé une valse avec sa mère. C'est vrai qu'à la Notre Dame International School, elle n'était que vaguement connue, presque personne ne regardait de films européens ; si j'avais dansé avec Marilyn Monroe, j'aurais sans doute trouvé un moyen pour que toute l'école le sache dès le lendemain. Maintenant qu'Alida Valli était devenue célèbre, même ici, pour des raisons étrangères à son art, il était naturel que les professeurs et les élèves se montrent curieux du sort de son fils, soudainement disparu. Mais dans les groupes que je fréquentais pendant les récrés, les sujets tournaient autour de la fin de la guerre de Corée, de la fête d'Halloween ou de la saison des New York Giants au base-ball. Un étrange silence entourait Carlo, comme si j'étais le seul à remarquer son pupitre vide en classe. Au moins ceux qui avaient de la sympathie pour lui auraient dû réagir ou m'interroger, moi, son meilleur ami, ne serait-ce que par moquerie. Je réfléchissais à tout cela lorsque, sur le chemin du retour, après être passé devant chez Carlo, je faillis tomber de vélo en voyant Sandrene sortir de la messe à l'église de Parioli ;

elle aurait sûrement des nouvelles de Carlo. Elle ne rougit pas et ne parut pas surprise en me voyant, se contentant de sourire et de me présenter à ses parents comme *my Brazilian friend*. Sa mère, replète et très maquillée, me détailla de la tête aux pieds, tandis que son père, qui portait des lunettes Ray-Ban, l'invita à presser le pas en italien : *andiamo, andiamo*. Quand ils montèrent dans une Alfa Romeo décapotable, je m'attendais à ce que Sandrene se retourne, mais elle ne le fit pas.

Une fois de plus, je rentrai de Parioli essoufflé et nauséeux, avec une terrible douleur au ventre, sans pour autant ressentir l'envie d'aller aux toilettes. Je ne voulus pas écouter Amadeo qui m'appelait de la rue, ni lui prêter mon ballon pour qu'il joue seul. Tout ce que je voulais, c'était m'allonger sur le ventre, et c'est ainsi que je m'enfonçai dans mon lit toute la journée, sans réussir à fermer l'œil. La douleur persistait et je ne songeai même pas à dîner, d'autant plus que c'était un dimanche où ma mère nous imposait du foie de veau. Je passai la nuit à me contorsionner, délirant de visions de Pie XII dans mon lit, et lorsque je me réveillai en criant, ma mère se convainquit que je ne simulais pas pour éviter l'école. Elle prit ma température, parut inquiète, puis réveilla mon père, que je vis pour la première fois entrer dans ma chambre. Il me regardait, les lunettes sur le front, comme il ne l'avait jamais fait, comme s'il m'observait, peinant à me reconnaître ou soudain curieux de mieux me connaître, pendant qu'elle passait quelques coups de fil. Peu après, des infirmiers arrivèrent pour m'emmener, et malgré ma certitude d'être mourant, j'étais ravi de voyager allongé dans l'ambulance, la sirène hurlant. J'avais mal partout, mais j'étais heureux, la tête sur les genoux de ma mère, qui me faisait de légères chatouilles dans l'oreille. Le cachet commençait à faire effet, et à l'hôpital je me souviens seulement du masque vert couvrant mon nez et de cette odeur agréable encore inconnue pour moi, le chloroforme. À mon réveil, j'appris deux nouveaux mots en italien : *appendicite* et *suppurata*.

Plec plec plec plec plec plec ding. Plec plec plec plec plec plec ding. Avant de partir pour l'université, mon père passait des heures à taper à la machine dans son bureau, et ses percussions m'ont tenu compagnie pendant ma convalescence. Pour passer le temps, je lisais aussi les livres italiens que j'avais volés à mon frère aîné, en commençant par *Le Corsaire noir* d'Emilio Salgari. Suivirent *Le Fils du corsaire rouge* et *La Fille du corsaire vert*, et je m'amusais à synchroniser ma lecture avec les frénétiques *plec plec plec* de mon père, changeant de ligne à chaque *ding* de son Olivetti M40. Alors, je me mis à fantasmer que mon père écrivait en secret des romans d'aventures sous le pseudonyme d'Emilio Salgari et qu'il travaillait, ces jours-là, sur les exploits du corsaire bleu, menés non pas dans les eaux de Maracaibo, mais dans la baie de Guanabara. C'est de là que date mon admiration pour lui, qui se transformait en franche jalousie les jours où il avait ses leçons d'italien. C'était ma mère qui accueillait la signorina Grazia à l'entrée, la menant au bureau avec un plateau de café pour deux. Dès lors, je restais à écouter les bruits qui me parvenaient par l'entrebâillement de ma porte. Mon père parlait en sourdine, tandis que la voix de la professeure résonnait claire et précise, scandant les syllabes, ponctuée de temps à autre par un rire légèrement rauque. On devinait que mon père avait du mal avec les doubles consonnes, et la signorina le corrigeait en répétant à haute voix : *tutta*, *tutta*, *tutta*, *tutta*, à quoi il répondait quelque chose qui la faisait rire doucement. Au bout de cinquante minutes précises de leçon, ma mère revenait avec un nouveau plateau, poussant la poignée du coude pour ouvrir la porte du bureau. J'ai le sentiment qu'elle n'appréciait pas tellement la professeure, mais à la fin de chaque cours, elle prenait toujours un café avec eux avant de la raccompagner vers la sortie. À ce moment-là, je me levais pour épier les pas de la signorina Grazia dans le couloir, avec sa robe ajustée et ses chaussures à talons, bien plus grande que ma mère.

On m'avait retiré les points de suture et je me considérais guéri, fatigué d'autant de repos, quand, un jour, je fus saisi d'une irrésistible envie de prendre une douche au moment où ma mère s'apprêtait à mettre fin au cours d'italien. Dès qu'elle entra dans le bureau, je me dirigeai vers la salle de bains au bout du couloir – un petit cabinet de toilette attenant au salon, équipé d'une douche presque hors d'usage. Rapidement, j'ôtai mes vêtements et restai là, nu, la porte grand ouverte, attendant que l'eau chauffe, sachant bien que la signorina passerait par là. En y repensant, il est probable que j'avais une érection, mais à l'époque, je ne comprenais pas vraiment ce phénomène qui se produisait sans raison apparente. C'était une sensation étrange, ce jour-là particulièrement intense, que j'attribuai à une possible séquelle de mon opération de l'appendicite. C'était comme si un nouvel appendice poussait sous mon nombril, mais une sorte de pudeur religieuse m'empêchait de regarder, encore moins de toucher cette chose. C'était comme une sorte de crampe indolore là en bas, mais qui s'interrompit brusquement. À en juger par la violence avec laquelle ma mère claqua la porte du cabinet, je n'ai aujourd'hui plus de doute : la professeure m'avait bel et bien vu, la quéquette dressée.

Je suppose que la signorina Grazia doit maintenant frôler les cent ans, Dieu veuille en pleine santé et avec toutes ses facultés intactes. Si jamais ce livre est traduit en italien, elle en sera sûrement informée et lira ce passage avec plaisir.

12

O ESTADO DE S. PAULO. Tout le monde sait qu'avec l'âge, la mémoire lointaine se dévoile peu à peu. Un souvenir en appelle un autre, et voilà qu'à l'instant, je me rappelle que mon apprentissage de la lecture en portugais a aussi commencé par la une d'un journal. C'était le journal livré à la maison et, sous le titre, il y avait inscrit : Dimanche, 18 juin 1949 ; j'étais surpris de constater que nous étions déjà à la veille de mon cinquième anniversaire. Je ne sais s'il y avait des nouvelles plus importantes que celle-là dans tout *O Estado de S. Paulo*, car, avec mes petits bras, il m'était difficile de feuilleter un journal si grand. Et comme, pour une raison que j'ignorais, ce quotidien pauliste ne publiait en première page que des nouvelles internationales, je ne m'étonnais pas de l'absence du Brésil dans les unes d'*Il Messaggero* ou du *Corriere della Sera*. Mais comme il n'y avait jamais non plus la moindre allusion au Brésil dans les pages intérieures des journaux italiens, je m'étais résigné à être vu comme un natif d'un pays insignifiant, parlant une langue moribonde, lointaine cousine d'un dialecte génois. Et à mesure que je perfectionnais mon italien, je craignais de plus en plus la honte de finir par oublier ma langue maternelle. Quand nous parlions portugais en famille, j'étais convaincu que nous prenions tous peu à peu un accent italien, comme si nous avions attrapé une maladie contagieuse dans un ghetto. Je ne connaissais aucun autre Brésilien en ville pour en avoir le cœur net ; un appel international coûtait les yeux de la tête, et nous n'avions ni tourne-disque ni albums brésiliens à la maison. Pendant des mois et des mois, la radio de la cuisine ne diffusait que des chansons napolitaines ou des succès du festival de Sanremo, aussi ce fut un choc quand, sans prévenir, la Rai Radio 1 diffusa un *baião* :

Olé mulher rendeira
Olé mulher rendá
Tu me ensina a fazer renda
Que eu te ensino a namorar

(Olé femme dentellière
Olé femme de beauté
Apprends-moi à faire dentelle
Je t'apprendrai à aimer)

L'enseigne et les affiches du cinéma Rex annonçaient *O Cangaceiro*, un film brésilien primé à Cannes. Au cinéma, en Italie, les gens respectaient rarement la file d'attente, et dans la bousculade je fus parmi les premiers à entrer dans la salle. Le toit était encore ouvert et elle se remplit en quelques minutes. Contrairement à ce que les affiches laissaient penser, le film n'était pas en couleur, et la première image montrait la silhouette de cavaliers sur une colline, qui me rappelèrent les Apaches des westerns. Mais ce qui me captiva, ce furent les voix hors-champ qui chantaient "Femme dentellière". Je ne pus résister à la tentation de chanter le premier couplet du *baião* avec eux, jusqu'à ce qu'un imbécile derrière moi crie : *silenzio!* L'ordre m'atteignit comme une gifle, car je chantais juste et ne dérangeais personne. Notre cuisinière, elle, aurait volontiers attesté de mes talents de chanteur, elle me demandait souvent de chanter "Luna rossa", me prédisant un avenir glorieux aux festivals de Sanremo.

Les *cangaceiros*, ces bandits révolutionnaires, descendaient la colline à cheval et, hormis leurs tenues de cuir, leurs ornements étincelants, leurs fusils et leurs montures, ils ressemblaient aux gens ordinaires que je voyais autrefois dans les rues de Rio et de São Paulo. Là, devant moi, il y avait ces visages qui me manquaient tant en Italie : non seulement les Noirs, mais aussi cette mosaïque de gens que j'avais perdu l'habitude de voir. Dans chacun, je reconnaissais un visage familier, tantôt Zé le ramasseur d'ordures, tantôt Zezé de l'épicerie, tantôt Índio, l'attaquant du Flamengo, ou encore une femme noire semblable à la cuisinière Aparecida, qui, dans le film, se prélassait dans un hamac avec tous les *cangaceiros*. Je crus même me reconnaître dans le gamin qui, d'un bond, monta en croupe sur un cheval gris. Mais au moment où les personnages prirent la parole, j'eus la déception de ne pas entendre notre langue, car les acteurs étaient doublés. Les dialogues en italien ne correspondaient pas toujours aux mouvements des lèvres des *cangaceiros*, et je faisais de mon mieux pour lire sur leurs lèvres afin de deviner les paroles originales. Ce contretemps, ajouté au *silenzio!* qui résonnait encore dans ma tête, me détourna du film et je perdis quelques scènes. Quand je repris mes esprits, les *cangaceiros* étaient déjà en train de ravager un village, tout comme les Indiens incendiaient les caravanes sans plus d'explications. Au moins, les nôtres n'allaient pas jusqu'à scalper les femmes, mais le chef de la bande prenait un malin plaisir à brûler le visage des villageois avec un fer rouge, comme ceux utilisés pour marquer le bétail ou les esclaves. Devant ces sauvageries, le public réagissait avec indignation, tout en s'attendrissant face à la romance entre l'institutrice blanche et le gentil *cangaceiro*. À la fin du film, alors que le toit du cinéma s'ouvrait au son du *baião*, le public éclata en applaudissements.

Je quittai la salle en sifflotant "Femme dentellière", sans chercher à attirer l'attention, mais certaines personnes semblaient me dévisager avec curiosité. Je remarquai qu'elles me regardaient par deux fois, comme si elles avaient l'impression de me reconnaître sans savoir d'où. Cela m'amusait d'imaginer qu'on me prenne pour le rejeton d'une famille de *cangaceiros*. Le soir tombait, il faisait froid, mais j'avais la sensation que, ce jour-là, mon blazer bleu marine ne m'allait pas. Aux yeux de ces gens, l'emblème de l'école américaine sur ma poitrine devait paraître tape-à-l'œil, voire faux. Je me faufilai jusqu'à mon vélo, que j'avais attaché avec une chaîne à un poteau près du cinéma. J'eus du mal à insérer la petite clé dans le cadenas et manquai de passer pour un voleur de bicyclettes. Si un jour on me volait la mienne, je fouillerais Rome de fond en comble pour la retrouver, comme dans le film de Vittorio De Sica. À présent, je la poussais parmi la foule qui sortait sans discontinuer, et en traversant le viale Gorizia, j'entendis quelqu'un crier: Brasiliano! Sursautant, je cherchai des yeux d'où venait l'appel, mais ce n'était qu'Amadeo. Je lui prêtai mon vélo et l'invitai à visiter ma maison.

13

Le défi consistait à rester sur le vélo immobile, sans poser le pied au sol ni sur les pare-chocs, tout en balançant le guidon, pédalant en arrière, faisant sonner le timbre et maintenant l'équilibre juste assez longtemps pour que la voiture de devant avance d'environ un demi-mètre, puis il fallait repartir en zigzag, à la manière des Vespa et des Lambretta dans les pires embouteillages des rues étroites, des ruelles et des venelles du centre historique. Ce n'est que sur le large trottoir de la via Nomentana que je pus enfin me détendre et filer tout droit pour rentrer chez moi. Ce matin-là, l'avenue était tapissée de feuilles sèches tombées des platanes, et je me demandais si, en dessous, il restait encore des vestiges des pages de mon roman méprisé par Sandrene. Je venais de contourner la Villa Torlonia, où Mussolini avait vécu en payant un loyer d'une lire par mois, et, comme disent les Portugais : parle du diable et il montre sa queue. Qu'il soit clair que ce n'était pas la queue de Mussolini qui m'apparut, mais celle de Sandrene elle-même, de l'autre côté de l'avenue ; que Sandrene me pardonne d'avance si elle pose un jour ses yeux noirs sur ces lignes. Je la reconnus de loin grâce à l'uniforme bleu et blanc de l'école Marymount et à sa manière de renverser la tête en arrière, ses cheveux châtains en bataille. Elle était à l'angle du viale Gorizia, comme si elle attendait quelqu'un, et j'aurais traversé l'avenue pour la rejoindre en un clin d'œil, n'eût été le flot incessant de véhicules. C'est alors qu'une autre fille arriva à l'angle, portant le même uniforme, renversant aussi la tête en arrière, ses cheveux châtains en bataille, et marchant du pas sautillant caractéristique de Sandrene. Elle n'avait pas de sœur jumelle, et à cette distance, je ne pouvais jurer laquelle des deux était la vraie Sandrene. Je ne voyais aucune différence entre la nouvelle venue, qui fit deux bises à celle qui attendait, et celle qui attendait, qui prit la nouvelle venue par le bras. Bras dessus, bras dessous, elles longèrent un pâté de maisons et demi, et j'entendais presque leurs rires et le bruit sec de leurs chewing-gums. Elles marchaient maintenant au même rythme, comme si elles étaient attachées l'une à l'autre par un pied, simulant une sorte de marelle. Elles auraient continué leur jeu jusqu'à l'école si elles n'étaient tombées sur un monsieur avec des béquilles qui se posta devant elles, comme pour demander un renseignement. Il avait la jambe droite amputée au-dessus du genou, son pantalon coupé et recousu à cette hauteur, et devait être un peu paumé, car il gesticulait sans cesse. Elles l'écoutaient attentivement, mais peu à peu semblèrent s'ennuyer, car pendant que l'une renversait la tête en arrière, l'autre ramassait des feuilles sèches sur le trottoir. C'est alors que l'homme commença à émettre des cris gutturaux qui résonnaient jusque de mon côté de l'avenue. À ce moment-là, elles décidèrent de l'éviter, mais il fit un grand pas de côté pour leur bloquer le chemin, encore, et encore, transformant la scène en une sorte de contredanse. Lorsque l'une des Sandrene entoura l'autre par les épaules, il se mit à les menacer de sa béquille gauche, comme pour percer leur corps. Alors, la première Sandrene claqua un baiser sur la joue de la seconde, à quoi l'homme réagit en brandissant sa béquille. Et quand il cracha par terre, la seconde embrassa la première sur la bouche, ce qui le mit dans une colère noire. Il essaya de leur donner un coup de béquille en pleine figure, mais elles se baissèrent à temps et il perdit l'équilibre en frappant dans le vide. À peine le vieux tombé, un passant accourut pour le relever, un autre pour interpeller les filles, puis un automobiliste freina et sauta de sa voiture, laissant la portière ouverte. Je ne sais plus laquelle des Sandrene tira l'autre par la main, mais elles disparurent à contre-courant des passants qui arrivaient pour s'enquérir de l'incident. Une série de klaxons commença à se faire entendre derrière la voiture arrêtée, et les filles descendaient la rue, enlacées, quand la supérieure, mère Frances, apparut au portail de Marymount. Aussitôt, elles se séparèrent, et soudain, à mes yeux, aucune des deux n'était plus Sandrene. Elles ne se ressemblaient même plus l'une et l'autre lorsqu'elles franchirent le portail, la tête basse. À l'intérieur de l'école, les filles ne pouvaient pas marcher en se donnant le bras.

14

As águas vão rolar
Garrafa cheia eu não quero ver sobrar
Eu passo a mão no saca saca sacarolha
E bebo até me acabar

(Les eaux vont s'écouler
Les bouteilles pleines, je vais toutes les vider
Je fais sauter le tire tire tire-bouchon
Et je bois jusqu'à me noyer…
Laisse les eaux s'écouler)

Ma sœur aînée est morte sans jamais savoir que je l'ai espionnée par le trou de la serrure. Ou plutôt, j'avais pour habitude de l'espionner quand elle se déshabillait pour prendre son bain. Elle avait seize ans et venait d'arriver à Rome après être restée quelque temps chez des proches à Rio pour terminer le collège. Elle était arrivée au début de l'hiver, toute bronzée, et je me proposai aussitôt de lui servir de guide et d'interprète ; ma mère accepta, en nous disant de nous méfier des mauvais garçons. Dès le premier après-midi, nous grimpâmes à pied par la Villa Borghese jusqu'au Pincio, d'où l'on pouvait admirer la plus belle vue sur les toits, les coupoles et les tours de Rome, surtout au moment du *tramonto*, le coucher de soleil. Le rouge de l'horizon se reflétait sur l'ocre des façades et sur le visage de ma sœur, presque ocre elle aussi, teintée par l'été carioca. C'est alors qu'apparurent les mauvais garçons, comme les appelait ma mère – ces jeunes hommes coiffés en banane, qui nous entouraient déjà en lançant des plaisanteries à l'intention de ma sœur. Ne parlant pas un mot d'italien, elle me regardait en quête de secours, tandis que moi, qui ne valais pas un *cazzo*, je m'amusais de la scène. Mais les mauvais garçons exécutaient cette danse de séduction surtout pour se montrer les uns aux autres.

Ces jours-là, j'ai enfin appris la *marchinha* du tire-bouchon, le succès du prochain carnaval. Elle faisait écho à la *marchinha* de la cachaça, qui elle-même rappelait une autre chansonnette similaire, et une autre, et encore une autre, car à chaque carnaval au Brésil, on chantait en hommage au dieu Bacchus. À Rome, comme les Romains, ma mère ignorait le carnaval, mais tout au long de l'année elle permettait aux enfants de boire un verre de vin au déjeuner. C'était moi qui étais chargé de prendre une bouteille pour la remplir au tonneau de l'épicerie, et là, je me délectais de l'arôme du vin vendu au litre. Après le repas, quand tout le monde se levait de table, je faisais mine de rien et finissais discrètement les restes dans chaque verre. Supposant peut-être que j'étais destiné à une vie de débauche ou de déchéance, ma mère invoqua un jour le prétexte de mon appendicite pour instaurer la loi sèche à la maison. Le décret ne s'appliquait pas à mon père, qui gardait dans son bureau une bouteille de Johnnie Walker pour sa consommation personnelle, ou pour d'éventuels visiteurs, ou, de temps en temps, une petite dose pour ma sœur aînée.

Ma sœur avait apporté dans ses bagages cette *marchinha* et d'autres disques qu'elle passait sur son phonographe à manivelle. Elle avait aussi sa guitare, et, la nuit, je m'endormais en écoutant les sambas et les fox-trot qu'elle chantait dans sa chambre. De temps en temps, elle chantait aussi les sambas-chansons de Vinicius, alors pour moi simplement un ami de mon père qui nous rendait visite à Rio ou à São Paulo, dans un temps antérieur à mes souvenirs. Cela m'amusait que mon père ait un ami chanteur de sambas, mais pour ma mère, Vinicius de Moraes était bien plus que ça : c'était un grand poète qui gagnait sa vie comme diplomate. Elle aimait aussi la musique populaire, mais considérait comme une hérésie de placer les sambas-chansons sur un pied d'égalité avec la littérature sérieuse. Elle disait que le poète jouait de la guitare surtout pour charmer les jeunes femmes, car aucune ne pouvait lui résister – ce qui expliquait sans doute qu'il en soit à son troisième ou quatrième mariage. Mon père écoutait ma mère le regard perdu, pensant peut-être à la signorina Grazia, ou à ses années de célibat, ou à une petite Allemande abandonnée à Berlin avec un de ses enfants dans le ventre. Ma mère regardait mon père, peut-être en pensant à Vinicius, qui était alors en poste à l'ambassade du Brésil à Paris, à seulement deux heures d'avion, et qui aurait bien pu débarquer chez nous à l'improviste pour boire un whisky et chanter des sambas-chansons.

Ma sœur aînée est morte sans jamais savoir que je plongeais mon visage entre ses jupes et ses robes dès qu'elle partait pour ses cours d'art. Elle cachait sa guitare derrière les cintres, au fond de son armoire, et ce n'est que bien plus tard que je comprendrais que tout musicien est jaloux de son instrument. Une jalousie d'autant plus légitime lorsqu'il s'agit d'une guitare, un instrument qu'on pose sur ses genoux, appuie contre sa cuisse, serre contre sa poitrine et effleure du bout des doigts. J'observais minutieusement le mouvement des doigts de ma sœur pendant qu'elle jouait, mais une fois seul, je n'arrivais pas à tirer un son correct. Je passais des heures devant le miroir à tenter de reproduire ses accords, frustré de ne pas avoir la finesse de ses doigts délicats aux ongles vernis de rouge. Je savais que ma sœur ne m'aurait pas refusé quelques leçons, à condition que je me procure une guitare de débutant rien que pour moi, mais pour cela, il m'aurait fallu vendre mon vélo. C'est ainsi que j'ai renoncé à la musique et n'ai plus jamais fouillé dans l'armoire de ma sœur. Enfin, je mens un peu : parfois, j'y cherchais un paquet de Chesterfield, et, devant le miroir, j'imitais sa bouche formant des ronds de fumée.

15

Je partageais ma chambre avec mes deux frères aînés et le papier peint derrière leurs lits représentait une carte du monde. Quand ils n'étaient pas là, je passais des heures à voyager à travers cette carte, et si les lits n'avaient pas été si lourds, je les aurais déplacés pour admirer le monde entier : le lit de mon frère aîné masquait l'Océanie et celui de mon frère du milieu recouvrait les Amériques, de la Patagonie au milieu du Mexique. Le mien était perpendiculaire aux leurs et mon papier peint imitait un mur de briques. À cause de l'humidité, le papier se décollait par endroits, dévoilant un vrai mur de briques. Mon livre de mémoires rêvé pourrait bien être cela, un papier peint reproduisant ce qu'il cache en même temps.

Dans le couloir, où le papier peint représentait les ruines de la Rome impériale, il y avait une porte toujours fermée à clé, sans doute celle d'un débarras où les propriétaires entreposaient leurs vieilleries. Peu après notre arrivée, quelqu'un imagina que cette porte menait directement chez Néron, l'empereur, avec qui mon père allait boire un whisky la nuit et tramer l'incendie de Rome. Et même quand plus personne, pas même les plus jeunes, ne croyait à ces balivernes, les pas de mon père dans le couloir troublaient encore mon sommeil à l'aube. Il allait et venait sans cesse entre son bureau et la chambre conjugale, oscillant entre la consultation de ses livres et les appels de ma mère, entre un dernier whisky sur sa chaise longue et le verre de lait qu'elle lui apportait au lit. Enfin, il éteignait la lampe de chevet, pour aussitôt ressortir, marmonnant quelque chose sur les missions jésuites ou les guerrières amazones au sein droit amputé. Il tapait à la machine, revenait au lit puis, alors que la maison semblait enfin s'apaiser, reprenait le couloir, chuchotant à propos des chevaux, des chevaux, sur la possible existence de chevaux dans l'Amérique précolombienne. En dernier recours, ma mère lui faisait prendre un somnifère, et je parvenais enfin à trouver le sommeil.

Juneau ! Je me réveillais en sursaut en plein cours de géographie et j'étais toujours le premier à deviner le nom de la capitale de l'Alaska. Seul mon esprit de compétition me poussait à mémoriser ces connaissances scolaires, que j'abandonnais dès la sonnerie de la récré. La pêche au thon dans les Samoa américaines, le traité de l'Oregon, le président Cleveland, l'inventeur du moteur à combustion, tout cela finirait bientôt par se mêler dans mon esprit avec les bandes du drapeau étoilé et les paroles de l'hymne national. C'était un savoir que je commençais peu à peu à désapprendre, en vue d'un éventuel retour au Brésil. Nous ne savions pas quand, ni même si ce retour aurait lieu, mais tel un voyageur impatient je m'efforçais de me débarrasser des leçons inutiles, comme on se défait de bagages superflus. Je comptais seulement garder de mes cours de rédaction en anglais quelques principes : le style concis, les phrases courtes, l'ordre direct. Mister Welsh nous avait lu une nouvelle d'Hemingway, “Cat in the Rain”. L'histoire se déroulait en Italie et contenait quelques mots d'italien. Hemingway, apparemment, ne maîtrisait pas bien la langue car, en plein milieu du texte, il avait écrit *il piove*, au lieu de la forme correcte, *piove*. Je fis remarquer l'erreur à mister Welsh, qui, mauvais en italien lui aussi, me traita de présomptueux. Selon lui, l'erreur était intentionnelle : ce n'était pas Hemingway qui se trompait, mais le personnage américain du récit. Je n'allais pas me quereller avec mister Welsh.

J'ai souvent songé à écrire un journal, comme un pense-bête qui pourrait me servir dans l'avenir, si jamais je me décidais vraiment à raconter mes expériences romaines. J'en parlai à ma mère, qui nourrissait une veine artistique discrète et se plaisait à encourager mes velléités littéraires. Elle tint à se rendre elle-même à la papeterie pour acheter un journal, que j'imaginais avec un habillage en cuir noir ou façon crocodile. Mais ce qu'elle m'apporta avait une couverture plastifiée ornée de papillons et un titre en écriture enfantine : Diario del Bimbo. Avec tous les enfants qu'elle avait eus à la suite, on pouvait comprendre qu'elle se trompe parfois sur l'âge mental de chacun. J'offris le journal à ma petite sœur pour qu'elle puisse le colorier à l'*asilo*, comme on appelait les maternelles en Italie. Après réflexion, je réalisai que je ne pourrais jamais décrire honnêtement mon quotidien, car même les souvenirs les plus récents finiraient par être retouchés en cours d'écriture. Je préférai abandonner l'idée du journal et laisser l'oubli faire son œuvre. Plus tard, l'imagination comblerait les trous de la mémoire et les événements réels se mêleraient à ceux qui auraient pu exister.

16

Lorsque la comtesse Magdolna Mányoki entra en agonie, ses enfants se rassemblèrent à son chevet et décidèrent qu'elle ne pouvait pas quitter ce monde sans enfin comprendre les règles du hors-jeu au football. L'écrivain hongrois Péter Esterházi et ses frères étaient passionnés par ce sport ; le plus jeune, Márton, avait même joué dans l'équipe nationale. Je doute qu'ils aient eu l'âge de suivre la Coupe du monde de 1954 en Suisse, mais peut-être leur mère, la comtesse, l'avait-elle suivie, même sans comprendre ce qu'était un hors-jeu. Peu de garçons pouvaient se vanter, comme moi, d'avoir une mère véritablement passionnée de foot, ce qui m'avait valu une dispense temporaire de mes cours de rattrapage en algèbre. Après tout, je devais me concentrer dès la veille sur le match Brésil-Hongrie, à 17 heures à Berne, retransmis en direct sur la radio dans la cuisine. J'avais déjà raconté à ma mère la victoire 5-0 du Brésil sur le Mexique, mais elle avait entendu de l'épicier que le plus grand joueur du moment était le Hongrois "Pulcras". Mais à ce stade, même la cuisinière savait que Puskás était blessé, ce qui était pour nous un avantage considérable. Dans l'attente du match, j'enseignai à la cuisinière la composition de l'équipe brésilienne. Didi était le seul nom qu'elle prononçait correctement.

Elle me prépara une assiette de spaghettis bolognaise à 14 heures précises, pour coïncider avec l'heure du repas des joueurs. Je passai l'après-midi à écouter à la radio les commentaires avant-match, tout en shootant le ballon dans la porte du four, ou en me prenant pour Didi, en dribblant et en faisant des petits ponts à la cuisinière. Puis, je courais dans ma chambre, lançais le ballon en l'air et je le rattrapais en plongeant sur le lit, à l'image inoubliable du gardien Castilho, que j'avais vu de mes propres yeux arrêter un penalty le 2 février 1951 à São Paulo ; carioca, comme moi, ma mère m'avait emmené, avec mes frères, voir le Fluminense jouer contre le Palmeiras au stade Pacaembu. Plus tard, en 1987, un autre 2 février, mais dans une banlieue de Rio, Castilho plongerait dans le vide depuis la fenêtre de son appartement du septième étage, scellant l'anniversaire de ce plongeon que j'avais vu de mes yeux, lorsqu'il avait arrêté le penalty tiré par le buteur du Palmeiras. Et une fraction de seconde avant de s'écraser la tête sur le bitume, peut-être se rappela-t-il que l'arbitre avait demandé au buteur de retirer le penalty. Le Fluminense perdit finalement le match, et je regrettai de ne pas avoir gardé le nom de l'arbitre pour l'écrire sur un bout de papier et le donner à un sorcier, pour qu'il couse la bouche d'un crapaud avec le nom dedans. Mais maintenant, à cet instant précis, à 16 heures le 27 juin 1954, Castilho devait être en train de s'échauffer dans les vestiaires, bien décidé à se venger de l'arbitre véreux, à sceller les buts de l'équipe brésilienne comme on coud la bouche d'un crapaud. Et à 16 h 45, au moment où les équipes étaient sur le point d'entrer sur le terrain, j'entendis l'appel : Brasiliano !

Je n'avais jamais vu de vraie télévision, seulement un simulacre expérimental exposé dans un parc d'attractions. Et maintenant Amadeo me tirait en courant vers la via Topino, où un magasin d'électroménager avait récemment commencé à vendre cette grande nouveauté. Une foule s'était amassée devant la vitrine et Amadeo demanda la priorité pour le Brasiliano, juste au moment où la fanfare achevait notre hymne. Flatté, j'écrasai mon nez contre la vitre, à environ deux mètres d'une demi-douzaine de téléviseurs alignés dans le magasin. Parfois, l'image sur un écran se mettait à défiler vers le bas, et les autres écrans la suivaient, incitant le vendeur à ajuster quelques boutons pour calmer nos protestations. La retransmission était également marquée par une sorte de neige d'interférences, se mêlant au déluge qui s'abattait sur Berne et inondait la pelouse. Les joueurs prenaient position sur le terrain et, malgré l'image en noir et blanc, je pouvais distinguer le jaune de notre maillot et le rouge des Hongrois. Ils étaient là, Castilho, Pinheiro, Didi : des noms que je me faisais un plaisir de réciter à voix haute, sans déranger les autres spectateurs autour de moi. Au contraire, ils étaient fascinés de rencontrer pour la première fois un Brésilien en chair et en os, et ils me demandaient des précisions supplémentaires par rapport à celles données par le commentateur italien : non, le milieu Bauer n'était pas allemand, non, l'avant-centre Índio ne vivait pas dans la jungle, et non, les arrières latéraux Djalma Santos et Nilton Santos n'étaient pas frères, d'autant que l'un était noir et l'autre blanc.

Le stade Wankdorf, plus petit que notre Maracanã, était rempli à craquer, et la foule laissa échapper un rugissement lorsque les Hongrois donnèrent le coup d'envoi. Les Brésiliens semblaient déstabilisés, perdaient la balle en attaque, étaient désorganisés en défense, et dès la quatrième minute Hidegkuti ouvrit le score. Le ballon avait ricoché sur nos défenseurs, obligeant Castilho à s'enfoncer dans la boue et à laisser le but grand ouvert pour l'attaquant adverse. Castilho ne fut pas non plus responsable du deuxième but, trois minutes plus tard, lorsque Kocsis surgit derrière Pinheiro, sauta tout seul et envoya une tête au fond des filets. Pour moi le Hongrois était visiblement en position de hors-jeu et je le fis remarquer à Amadeo : *fuorigioco !* Mais les joueurs brésiliens ne protestèrent pas et Amadeo me lança un sourire amusé, sans que je comprenne pourquoi. Sur le trottoir, les supporters étaient partagés entre les deux équipes, mais j'étais le seul à célébrer avec ferveur lorsque Djalma Santos marqua notre premier but sur penalty. Puis la pluie de Berne s'abattit sur nous à Rome, et, par chance, la mi-temps arriva. Tout le monde se réfugia dans un café voisin pour fumer une cigarette et boire un verre de vin maison, de la bière, ou encore un Fernet, une Sambuca ou une grappa. J'avais quelques pièces pour un Coca-Cola, mais Amadeo refusa de boire sa moitié, disant qu'il n'aimait pas ça.

Quand nous avons repris nos places pour la seconde mi-temps, la pluie n'avait toujours pas cessé et les voix des spectateurs étaient plus fortes qu'avant. Certains tentèrent d'entrer dans le magasin pour voir le match au sec, mais le vendeur s'y opposa en précisant que l'accès était réservé aux clients. Il se plaignit aussi des chaussures mouillées sur la moquette et se fit aussitôt traiter de lèche-bottes et de lèche-cul du patron, des insultes que j'appris sur place grâce à Amadeo. Le patron lui-même apparut alors depuis l'arrière-boutique, menaçant d'appeler les carabiniers, et pour en rajouter, ordonna au lèche-bottes d'éteindre les téléviseurs. Ceux qui étaient restés dehors, trempés, formèrent aussitôt un comité de trois représentants pour calmer les esprits et négocier avec le patron le rallumage des écrans. Une fois les intrus dispersés, ce dernier fit un peu de manières avant d'ordonner au lèche-cul de répondre aux exigences de la foule d'oisifs. Les images réapparurent quinze minutes après le début de la seconde mi-temps et le score était encore de 2-1 pour les Hongrois quand l'arbitre anglais siffla un penalty inexistant contre le Brésil. Cette fois, je ne fus pas le seul à protester ; la moitié des spectateurs prirent mon parti, tandis que les autres défendaient l'arbitre, et les cris de *communiste !* et *fasciste !* se mirent à fuser. Ignorant en politique, j'avais une certaine sympathie pour les communistes à cause d'Amadeo, qui avait appris avec son père à chanter "L'Internationale". Pourtant, ceux qui soutenaient le Brésil accusaient l'arbitre, mister Ellis, de faire partie d'un complot financé par Moscou pour favoriser la Hongrie. Moi, je ne pouvais pas abandonner Castilho, qui plongea en vain pour essayer d'arrêter ce nouveau penalty douteux encore sifflé par un arbitre véreux. Je criai *olé* en voyant Didi faire deux sombreros aux communistes, et quand Julinho marqua notre deuxième but d'un tir de l'extérieur du pied, je hurlai de joie et de douleur, car quelqu'un derrière moi m'avait donné une tape sur la tête. À partir de là, les esprits s'enflammèrent des deux côtés ; deux spectateurs en vinrent aux mains sur le trottoir, tandis qu'au stade Wankdorf, Nilton

Santos et Bozsik étaient expulsés après un échange de coups. Vers la fin du match, les Hongrois marquèrent un quatrième but, portant le score à 4-2, et Amadeo me dit qu'il était temps de partir, car des gens se battaient au milieu de la via Topino en se traitant de stalinistes ou de mussoliniens, et on entendait déjà les sirènes des carabiniers. J'eus encore le temps de voir à l'écran une mêlée générale impliquant les joueurs des deux équipes, les entraîneurs, les dirigeants, des journalistes, la police et même Puskás, qui avait suivi le match depuis les tribunes. Amadeo gardait son sourire niais, et au coin de la via San Marino, il me fit un salut militaire. Je lui répondis qu'il avait une tête de pauvre et que je ne le laisserais plus jamais toucher mon ballon.

17

Je conduisis le ballon du pied jusqu'à l'épicerie, mais Amadeo refusa de disputer un tournoi de penalties avec moi. Il ne daigna même pas parler, gardant un visage fermé, feignant d'être sourd sous sa casquette profondément enfoncée, tout en empilant des pommes jaunes. Je demandai le prix d'un fruit, mais ce n'était qu'une formalité, je savais pertinemment qu'il ne dirait rien. Finalement, à la demande de sa mère, son père fouilla sous le comptoir et me tendit gratuitement une pomme rouge, légèrement ramollie. Comme je n'avais aucune intention de rentrer si tôt chez moi après avoir déchiré le livre de mon frère – lequel avait crevé les pneus de mon vélo –, je déposai le ballon près des sacs de pommes de terre et priai Amadeo de le surveiller.

Pour nous distraire pendant les vacances, ma mère nous avait emmenés une fois à la plage d'Ostie, la plus proche de Rome, avec son sable dur, presque noir, et ses foules d'estivants qui se changeaient dans les cabines. Ces jours-là, Rome ressemblait à une ville abandonnée, sous une chaleur plus sèche que celle de l'été à Rio. Je traversai le viale Gorizia et descendis la via Ajaccio, en me demandant s'il était interdit de marcher torse nu dans les rues de Rome, comme on le faisait à Rio pendant la canicule. Mais, au coin de la via Corsica, j'aperçus un homme assis par terre, torse nu, qui me demanda la pomme que je n'avais de toute façon pas l'intention de manger. Peu après, un homme à barbichette, nœud papillon, chemise classique et vieilles bottes de cuir usées, m'aborda. Il désigna le mendiant, qui croquait dans la pomme, et déclara que les Méridionaux étaient des porcs. Puis il se mit à marcher à mes côtés, me demandant où se trouvait la via Capodistria, qu'il suffisait de suivre tout droit. Je tournai à gauche dans la via degli Appennini et trouvai plaisant de bifurquer à droite dans le viale Pola, du nom de la ville natale d'Alida Valli. Je déboutonnai ma chemise et commençai à siffler en marchant dans cette rue déserte, songeant à me rendre à la Villa Mirafiori pour me rafraîchir dans un parc ombragé et peut-être tremper ma tête dans une fontaine. Mais cent mètres plus loin, je revis l'homme au nœud papillon, qui avait dû faire je ne sais quels détours pour réapparaître devant moi. Je traversai la rue pour éviter de croiser son chemin, mais il vint à ma rencontre, me mettant en garde contre les Méridionaux, qu'il qualifiait de race dangereuse. S'ils voyaient un garçon aux yeux bleus et en culotte courte comme moi, torse nu dans les rues, ils n'hésiteraient pas à mal agir. Il se proposa de m'emmener dans une cachette connue de lui seul, mais sa conversation commençait à me déplaire. J'étais fatigué d'entendre ces discours méprisants sur les habitants du sud de Naples, toujours dépeints comme des bandits mafieux, des ignorants et pire encore. Je n'avais rien contre les Calabrais ou les Siciliens, et affirmer que les Méridionaux étaient paresseux était une injustice envers les cuisinières sardes, qui, chez nous, travaillaient toute la journée, dormaient sur place et me préparaient même de la *mozzarella in carrozza* quand l'envie m'en prenait. Je tentai de m'éloigner de ce type viale Pola, en tournant brusquement à droite, sans remarquer que la rue était une impasse. Me sentant acculé, je frissonnai, mais, à cet instant, un habitant corpulent, vêtu d'un débardeur, se pencha à sa fenêtre et l'homme à barbichette déclara qu'il ne cherchait qu'à me protéger des malfaiteurs. Il me sourit, dévoilant des dents jaunies, me proposa un bonbon à la réglisse, puis quitta l'impasse en prenant à droite vers la Nomentana. Je repris le viale Pola en sens inverse, tournai à droite dans la via Giulio Alberoni, mais, d'une manière ou d'une autre, l'homme réapparut derrière moi. J'accélérai le pas jusqu'au viale Gorizia, envisageant de fuir en courant, mais je craignis qu'il ne se mette à me poursuivre en criant au voleur. Alors, je menaçai de le dénoncer au tribunal des mineurs, mais il continua de me suivre de près, marmonnant entre ses dents que j'étais un fils de putain de Méridional. Arrivé au coin de la via San Marino, je lui adressai un doigt d'honneur et me précipitai dans l'épicerie. Le ballon de foot était toujours là, parmi les pommes de terre, mais aussi dégonflé que les pneus de mon vélo.

18

Ma mère, comme toujours, se montra injuste envers moi en tranchant ma dispute avec mon frère aîné. Il semblait raisonnable que nous sacrifiions une partie de notre maigre argent de poche pour réparer les dégâts de notre dernière altercation. Pour ma part, cela aurait été une solution abordable : avec une cinquantaine de lires, le réparateur aurait, en un clin d'œil, remis en état les chambres à air des pneus du vélo. Mais ma mère estima qu'il serait plus éducatif que chacun assume pleinement ses propres actes. Il m'incombait donc de rendre à mon frère un exemplaire en parfait état de *La Fille du corsaire noir*, d'Emilio Salgari. Et cela après que j'ai consenti à acheter de la gomme arabique et recoller, une par une, les pages du livre que j'avais déchiré – ce qui, à mon sens, revenait à rendre non pas un vélo flambant neuf, mais un vélo avec des pneus rafistolés. Mon raisonnement était irréfutable, mais je fus désavoué par l'arbitrage de mon père, pour qui abîmer un livre relevait d'un crime impardonnable.

La bibliothèque de mon père faisait pâle figure à côté de la prestigieuse librairie Hoepli de la Galleria Colonna. J'étais déjà passé près, mais il était interdit, même en étant un bon cycliste, de pénétrer à vélo dans la galerie. De toute façon, je n'aurais pas risqué de pédaler en détournant le regard vers les vitrines environnantes ou vers ce plafond si haut, avec ses vitraux majestueux. Je m'étais retrouvé devant la galerie après m'être égaré dans le centre-ville, distrait par des sculptures et des fontaines auxquelles je n'avais jamais prêté attention. Quand je repris mes esprits, je me retrouvais en pleine contemplation au bord du Tibre, face à l'île Tibérine, avec le quartier de Trastevere sur la rive opposée. Un peu plus en amont, j'aperçus un couple de pins parasols, ces arbres typiquement romains que ma mère amait tant. Et dans les eaux marron-vert du fleuve, une branche sèche, arrachée à l'un de ces pins, descendait lentement, ayant plusieurs fois manqué de s'échouer sur les rives de l'île. Elle avançait posément, comme si elle cherchait à s'agripper aux rochers, évoquant la main d'un squelette glissant sur le limon. Elle heurtait chaque obstacle sur son passage, comme si elle résistait à l'idée de quitter Rome, jusqu'à disparaître dans une courbe du Tibre, en direction de l'embouchure près de la plage d'Ostie. Les longues journées d'été et l'absence de montre me poussèrent à demander mon chemin dans un bureau de tabac, afin de m'assurer d'arriver à temps à destination.

De loin, le groupe tournant autour d'une colonne évoquait des prisonniers faisant leur exercice quotidien dans une cour ensoleillée. Mais il s'agissait de touristes américains : les hommes en bermudas et chemises trempées de sueur, les femmes en pantalons longs et chapeaux de paille, agitant leurs éventails avec vigueur. Des appareils photo pendus au cou, ils avançaient péniblement sous la conduite d'un guide à la voix autoritaire et à l'anglais approximatif. Moi aussi, j'avais déjà remarqué cette colonne au centre de la piazza Colonna, sans m'arrêter pour observer les bas-reliefs qui la ceinturaient en spirale, telle une bande dessinée racontant les batailles de l'empereur Marc Aurèle contre les Barbares. Ces épisodes historiques, je venais tout juste d'en entendre parler grâce au guide, qui, après une vingtaine de tours de colonne, renonça à presser les retardataires et précipita la conclusion de son récit. Il se mit alors à marcher à contresens autour de la colonne, passant d'un touriste à l'autre pour récupérer son dû, tout en gardant un œil vigilant sur ceux qui avaient déserté le groupe pour se réfugier chez le glacier de la Galleria Colonna.

La librairie Hoepli s'étendait sur trois étages débordant de livres et je ne savais pas par où commencer ma quête du roman d'Emilio Salgari. Derrière le comptoir, un vendeur, sans me laisser finir, indiqua une mezzanine au fond de la boutique. Une fois là-bas, je tombai sur des enfants assis par terre, absorbés dans la lecture de bandes dessinées de *Pinocchio* ou de *Sciuscia*. Je redescendis au rez-de-chaussée, où un autre vendeur, les bras chargés d'une pile de livres, me lança en passant d'aller au rayon jeunesse au deuxième étage. Là, je trouvai rapidement une étagère consacrée à Salgari : *Le Corsaire noir*, *Les Corsaires des Bermudes*, *La Reine des Caraïbes*, *Les Derniers Flibustiers*. Tout y était, sauf le livre de mon frère. Un vendeur plus serviable, juché sur une échelle coulissante, m'expliqua que la Hoepli n'avait pas assez de place pour exposer les quatre-vingt-dix romans de Salgari, sans parler des cinquante titres apocryphes publiés par ses fils après son suicide. Il me suggéra de revenir un autre jour avec plus de temps, car il était probable que *La Fille du corsaire noir* se trouvât dans la réserve au sous-sol. À ce moment-là, un client aux airs d'intellectuel demanda des ouvrages de Gramsci, et le vendeur descendit de son échelle d'un bond. Si je n'avais pas déjà entendu parler de Gramsci chez moi, j'aurais pu croire qu'il était le propriétaire de la librairie, tant le vendeur semblait empressé de satisfaire cet homme. Je les suivis jusqu'au rayon non-fiction au troisième étage, espérant trouver une occasion d'aborder mon propre problème, car, avec un peu de bonne volonté, les libraires pourraient peut-être m'accorder aujourd'hui même l'accès à la réserve. Mais il devint évident que leur conversation s'éterniserait : le vendeur, visiblement un spécialiste de Gramsci, lui recommandait des essais récents, bien en vue sur une table centrale. Là, parmi les dernières publications universitaires, mon regard fut attiré par un titre. Un nom familier apparaissait sur la couverture. Ce n'était pas une hallucination, c'était comme lire mon propre nom, inscrit au-dessus d'un titre en italien, *Alle Radici del Brasile*. C'est le livre de mon père ! m'exclamai-je, coupant net la discussion entre le vendeur et l'intellectuel. C'est le livre de mon père ! répétai-je, dévalant les escaliers. C'est le livre de mon père, dis-je au vendeur sur la mezzanine. C'est le livre de mon père ! m'exclamai-je une dernière fois devant le caissier au rez-de-chaussée, qui répondit : deux mille deux cents lires. J'abandonnai *La Fille du corsaire noir* pour cette édition italienne de *Racines du Brésil*. Mon frère n'oserait pas me cogner pour ça. Et s'il le faisait, pour la première fois de ma vie, ma mère prendrait ma défense.

19

Le dimanche, jour de repos des employées de maison, nous déjeunions parfois au restaurant Glicine, au 99 du corso Trieste. Nous avions presque une table attitrée : en réalité, trois tables que les serveurs rapprochaient dès qu'ils apercevaient notre famille au coin de la rue. Ils nous connaissaient déjà par nos noms ou nos surnoms, et j'avais sympathisé avec Peppino, qui avait appris à m'appeler Chico, en prononçant Tchico. Et chaque vendredi soir, lorsque mes parents dînaient dehors, j'étais chargé de passer au Glicine pour récupérer les pizzas destinées aux enfants. Dès que j'entrais, Peppino m'installait à une table ronde recouverte d'une nappe en lin, m'apportait un panier de gressins, me versait un fond de vin dans un verre et ordonnait à la cuisine de préparer les pizzas de M. Chico. En repartant, je montais sur mon vélo, négociant les virages sans toucher le guidon, serrant le paquet contre ma poitrine pour savourer la chaleur et le parfum des pizzas à la mozzarella, qui arrivaient encore fumantes à la maison. Quand on y pense, avant Rome, la pizza n'existait pas pour nous, c'était un plat qu'on trouvait uniquement dans quelques quartiers d'immigrés napolitains à São Paulo. Aujourd'hui, avec des pizzerias à chaque coin de rue dans le monde, si j'étais d'humeur nostalgique, je pourrais regretter de ne plus jamais retrouver le goût authentique des pizzas et calzones de mon enfance. Mais si un jour je devenais pauvre, si tout venait à me manquer au Brésil, même les droits d'auteur de ce malheureux livre, je pourrais toujours devenir livreur de pizzas pour gagner ma vie, car après tout, on n'oublie jamais comment faire du vélo. Tant que je ne me ferais pas écraser, je passerais des heures à zigzaguer entre les voitures et les bus de Rio de Janeiro, certain d'avoir le talent et l'expérience nécessaires. Et pour affronter les côtes, ma plus grande ambition serait d'acheter une moto, à la manière des Vespa et Lambretta romaines, que je conduirais comme un fou, transportant sur mon dos un sac thermique aussi grand qu'un coffre.

Un de ces vendredis, un couple de Brésiliens vint dîner au Glicine. Avant même de les apercevoir, j'avais distingué leurs voix dans la salle, et il me fallut un moment pour réaliser qu'ils parlaient portugais. Ce restaurant, dans un quartier résidentiel, loin des circuits touristiques, n'avait pas pour habitude de recevoir des étrangers. Mais le mari s'obstinait à s'adresser aux serveurs d'une voix forte en portugais, et c'est sans doute pour ça que Peppino avait été assigné à leur table ; à force d'entendre notre famille, il comprenait déjà quelques bribes de la langue. La femme, une jeune brune à la peau claire, était moins maquillée que les Italiennes en général. Le mari, un quinquagénaire, arborait une moustache épaisse et utilisait de la brillantine. Leur conversation m'échappe dans les détails, d'autant plus que plusieurs de leurs échanges semblaient codés. Mais depuis mon arrivée, le mari n'avait cessé de critiquer le restaurant, recommandé par une amie à elle précisément parce qu'il était discret et éloigné du centre.

Il ne tarissait pas d'éloges, en revanche, sur une certaine Osteria dell'Orso, que la femme tenait à éviter, car elle était fréquentée par trop de Brésiliens, qu'ils soient touristes ou membres de l'ambassade. Entre deux gorgées de vin, ils en vinrent à parler de politique brésilienne, et donc de Getúlio Vargas. Selon le mari, il quitterait bientôt la présidence, de gré ou de force. La femme, pour sa part, espérait que l'Armée de l'air prenne enfin des mesures après l'attentat, tandis que lui trouvait intolérable que le palais du Catete soit devenu un repaire de voleurs et d'assassins.

– Pour moi, ça suffit, dit le mari en repoussant son assiette.

– Mais tu n'as rien mangé, mon amour.

– Les spaghettis sont trop durs.

– C'est ce qu'ils appellent *al dente*.

Il claqua des doigts pour appeler le serveur, mais Peppino l'ignora ostensiblement. Ce n'est qu'après que la femme eut demandé poliment, *prego, signore*, qu'il s'approcha.

– Tu vois, il faut dire *prego*, mon amour. *Prego* veut dire "je vous prie".

– Pourquoi je le prierais, je règle déjà dix pour cent de service.

Peppino débarrassa la table avec une dextérité professionnelle, emportant les restes d'un spaghetti alla carbonara à moitié entamé, les petites assiettes d'olives et le plateau des entrées. À peine avait-il tourné les talons que le mari l'appela de nouveau, *hé !*, pour demander l'addition. Il ajouta qu'il regrettait de ne pas avoir dîné tranquillement dans leur chambre d'hôtel. Il était pressé de rentrer à l'Excelsior pour faire ça, là, avec elle.

– C’est quoi ça, là, mon amour ?

– Ce que tu aimes, là, ma chérie.

– Mais ce soir, on ne pourrait pas faire ça normalement ?

– Le normal, c’est avec ton mari.

– Je ne te laisse faire ça, là, que si tu dis *prego*.

– *Prego*.

Ils éclatèrent de rire et Peppino, immobile, assista à un long baiser langoureux. L’homme régla l’addition en dollars et demanda qu’on leur trouve un taxi. Peppino fit remarquer à la femme que sur le corso Trieste, il suffisait de lever la main pour en arrêter un. Puis il m’apporta mon paquet de pizzas. J’aurais bien laissé refroidir les pizzas juste pour écouter encore un peu leur conversation, mais ils quittèrent le restaurant à la hâte et riaient encore en montant dans le taxi noir et vert. Je craignais de mourir sans jamais savoir ce que c’était, *ça, là*.

20

IL PRESIDENTE GETULIO VARGAS SI È UCCISO. Le président Getúlio Vargas s'est donné la mort d'une balle dans le cœur. Une atmosphère de révolution règne à Rio. Des chars parcourent les rues de la ville. SI È SUICIDATO IL PRESIDENTE GETULIO VARGAS. Dans son testament politique, Vargas écrit : "Je n'ai plus rien à vous offrir, si ce n'est mon sang." La police ouvre le feu sur la foule, tuant deux personnes. TRAGEDIA A RIO : SI È UCCISO IL PRESIDENTE VARGAS. Plus d'un million de personnes tentent d'assister à la veillée funèbre. L'ambassade des États-Unis est attaquée à coups de pierres. Des titres à la une dans *Il Messaggero*, *Corriere della Sera* et tous les quotidiens affichés en kiosque. BRAZILIAN PRESIDENT FOUND DEAD. Dans sa lettre d'adieu, le président déplorait que ses efforts pour "libérer" le peuple brésilien aient été sabotés par des intérêts étrangers ; les guillemets provenaient d'un journal anglais. J'étais curieux de savoir ce que disaient les journaux brésiliens, mais il n'y en avait pas, même dans les grands kiosques du centre-ville. Je pensai au journal que mon père lisait, qui, pour une raison inconnue, ne mettait jamais de nouvelles nationales à la une. Peut-être consacrerait-il une manchette à Getúlio Vargas maintenant que sa mort faisait la une internationale ? DRAMMATICA SITUAZIONE NEL BRASILE. Le vice-président Café Filho prend ses fonctions. Les Forces armées plaident pour une candidature d'union nationale aux prochaines élections. Des manifestants incendient des fourgons du journal *O Globo*. VIOLENTE MANIFESTAZIONI A RIO, BELO HORIZONTE E PORTO ALEGRE. Je ne pouvais plus dire que j'étais né dans un pays que personne ne savait situer.

Mes parents s'opposaient eux aussi à Getúlio, en raison de son passé de dictateur. À São Paulo, presque personne dans mon entourage ne l'appréciait, que ce soit dona Aracy, les professeurs ou les parents d'élèves de mon école primaire. La seule exception était ma nourrice, qui pleurait sans doute sa mort à cet instant à Rio. Cette Indienne Xavante, arrivée dès son jeune âge d'un village amazonien, avait aidé à notre éducation, à mes frères, mes sœurs et moi. Elle était reconnaissante envers ma mère, qui lui avait appris à lire et à écrire, mais malheur à celui qui osait critiquer le Vieux, comme elle appelait Getúlio Vargas. Elle souffrait de rhumatismes et n'avait pas la force de marcher très longtemps, mais je scrutais les photos des journaux dans l'espoir de l'apercevoir parmi la foule à Rio. Sur chaque visage de cette multitude, on lisait une expression de désarroi, qui me rappelait un casting démultiplié du film sur les *cangaceiros*. Le marchand de journaux, qui me connaissait vaguement depuis mes premiers mois à Rome et me prenait peut-être pour un Mexicain ou un Marocain, comprit cette fois d'où je venais et me regarda avec une compassion silencieuse. En désignant la une de *Paese Sera*, il me fit remarquer que le visage de Getúlio Vargas dans son cercueil semblait apaisé. Je voyais ces gens penchés sur le cercueil, cette foule envahissant les places et les avenues ; j'étais si absorbé par ces images qu'en rentrant chez moi, j'avais l'impression de marcher dans une ville fictive. L'heure du déjeuner était passée, mais je n'avais pas faim. À l'angle de la rue, quand Amadeo me vit arriver, il retira sa casquette et inclina la tête. Sa mère m'apprit qu'elle avait prié pour l'âme de mon président, tandis que son père, quittant ses occupations, me tendait un sac de prunes. Les vacances d'été touchaient à leur fin et je m'imaginais déjà de retour à l'école, accueilli comme un orphelin.

Mes parents s'étaient enfermés dans leur chambre et n'en sortirent pas de tout l'après-midi. Je me demandais parfois s'ils avaient encore des relations sexuelles, comme Archie le prétendait pour les siens, affirmant qu'ils s'y livraient chaque jour. Il nous faisait rire à l'école en imitant les gémissements et soupirs de ses parents, jusqu'au jour où il trouva dans le placard de sa mère un costume de lapine Playboy. Mon père, pourquoi pas, mais ma mère, je ne pouvais pas l'imaginer nue dans un lit, même dans la pénombre d'une chambre aux volets clos. Si ce n'étaient les preuves incontestables que représentaient nos sept naissances, j'aurais juré qu'elle n'avait jamais échangé avec mon père plus qu'un baiser sur la joue. Cet après-midi-là, peut-être se contentaient-ils de se regarder en silence, sans trouver quoi dire, peut-être avec la lampe allumée, une ombre de remords planant entre eux, tandis que la radio de la cuisine diffusait à plein volume les réactions au suicide de Getúlio Vargas. Mes parents étaient des opposants politiques à Getúlio, mais ils n'auraient jamais célébré sa mort. Je crois que même les parents d'Archie auraient observé quelques jours d'abstinence si Eisenhower s'était suicidé. Mais, d'après ce que j'ai appris en cours d'histoire des Amériques, les États-Unis ont eu trente-quatre présidents et, à ce qu'on sache, aucun n'a jamais envisagé de se donner la mort.

21

Mes camarades de classe ignoraient qui était cet homme et, en quelques jours, le nom de Getúlio Vargas avait disparu des journaux italiens. En quête de nouvelles fraîches, mes parents s'étaient mis à téléphoner régulièrement au Brésil. Mais ces appels, passés via une opératrice, prenaient une éternité à aboutir, quand ils n'étaient pas tout simplement annulés. On échangeait quelques mots au milieu de grésillements, d'échos et de parasites, et les conversations étaient brèves à cause des tarifs élevés : allô, comment ça va ? ; et l'inflation ? ; et les Forces armées ? ; à bientôt. Ma mère se hissait sur la pointe des pieds pour atteindre le combiné du téléphone mural, tandis que mon père se penchait pour coller son visage au sien et partager l'écouteur. À mes yeux, c'était une rare manifestation d'affection, les voir ainsi *cheek to cheek*, comme dans le fox-trot que ma sœur aînée chantonnait parfois. Après chaque appel, ils allaient discuter en privé dans leur chambre, car, chez nous, la politique n'était pas un sujet pour les enfants. Mais dès que je me retrouvais seul à la maison, je prenais le risque d'appeler un cousin à Rio, le seul numéro que je connaissais par cœur : allô, comment ça va ? ; et les généraux ? ; et le salaire minimum ? ; et mon Fluminense ? ; et ton Botafogo ? Comme mon cousin était nul en politique, nous en venions rapidement à parler du championnat carioca de foot, des vagues d'Ipanema et des films à l'affiche dans les cinémas de Copacabana. Je dus renoncer à ces bavardages le mois suivant, quand ma mère reçut une facture de téléphone salée et décida de suspendre ses propres appels internationaux. Après ça, nous n'avons parlé avec le Brésil que lorsque quelqu'un nous appelait, et ces coups de fil se faisaient de plus en plus rares. *No news is good news*, disait-on, mais ce silence me mettait les nerfs à vif. En vérité, j'aimais quand le téléphone sonnait tard dans la nuit et que ma mère, en chemise de nuit, se précipitait pour décrocher dans le salon. Si elle arrivait trop tard, je croisais les doigts pour qu'ils rappellent immédiatement ; sinon, cela signifiait qu'il n'y avait rien de grave. En raison de ces appels nocturnes, souvent dus à des proches qui oubliaient le décalage horaire, j'avais suggéré à ma mère d'installer une rallonge téléphonique dans sa chambre. Chez mes camarades, il y avait des rallonges dans toutes les pièces, même près des toilettes, dans la salle de bains. Ma mère ignorait l'existence de cette technologie et, de toute façon, l'installation devait coûter une fortune. Ce n'était pas raisonnable d'investir dans un logement loué que nous devions bientôt quitter. Non, nous ne déménagerions pas à Parioli, comme je l'avais tant rêvé. Nous retournerions au Brésil avant la fin de l'année ; une nouvelle qui, pour moi, changeait tout.

Ce n'est pas que j'étais excessivement attaché à Rome. Ce qui me troublait, c'était l'idée de revivre les nausées du voyage en bateau, de devoir m'installer à une nouvelle adresse, une maison bizarre, avec des bottines étrangères et les rires moqueurs des gamins des rues.

Sans compter ces proches et amis que je ne reconnaîtrais peut-être pas, et ce goût oublié du riz aux haricots noirs, dont la texture et la saveur ne pourraient en aucun cas rivaliser avec la *pasta asciutta* préparée par les cuisinières sardes. Peut-être que je quitterais Rome sans faire d'histoire, pressentant que j'y reviendrais dix ou quinze ans au plus tard. En effet, je suis retourné à Rome plusieurs fois et, hier comme aujourd'hui, j'aime y parler et entendre l'italien, presque comme si c'était ma propre langue. Mais quelque chose dans cette ville provoque toujours chez moi un vague sentiment de malaise. Je déambulais seul, insouciant, à travers ses belles places et ses rues que je connaissais par cœur, quand, sortant du néant, au détour d'une rue, une sorte de brume m'enveloppait soudain, me suivant jusqu'à l'hôtel. Même allongé sur le lit king-size de ma chambre à l'Excelsior, je ressentais parfois une boule dans la gorge, sans en comprendre l'origine. C'était peut-être à cause de ces fauteuils classiques, qui me rappelaient un autre hôtel, lors d'un voyage précédent. Durant ce séjour-là, je m'étais peut-être déjà senti étranger dans les espaces publics, ce qui m'incitait à regagner plus tôt ma chambre à l'Albergo Nazionale, pour respirer librement dans les fauteuils de velours vert. Mais ce mobilier m'oppressait en me rappelant les fauteuils rococo au revêtement violet du bar d'un hôtel plus ancien, où j'avais surpris ma femme absorbée dans ses pensées pour un autre homme. À vrai dire, ce sentiment d'abandon me poursuivait déjà lors de précédents séjours, dans d'autres hôtels de Rome, et encore d'autres, mais le véritable malaise qui me gagnait alors devait remonter aux sombres années de la dictature, lorsque j'avais vécu en exil plus d'un an dans cette ville. Je me revois dans le hall de l'hôtel Raphael, décrochant un appel urgent du Brésil : qu'est-ce qui s'est passé ? ; comment ça ? ; le liftier n'est pas encore là ? ; la fille du magicien est toujours malade ? À cette époque, les appels téléphoniques n'étaient plus aussi compliqués qu'avant, mais les conversations demeuraient évasives, certains mots et noms ne devaient pas être prononcés. Pourtant, je suis convaincu que ce malaise profond vient d'encore plus loin dans le passé, et je m'étonne qu'au cours de toutes ces années de temps oisif vécues à Rome à l'âge adulte, l'idée de revisiter les lieux de mon enfance ne m'ait jamais effleuré. Peut-être qu'un retour sur la via San Marino m'aurait permis de découvrir l'origine de ce malaise. Mais il est tout aussi possible que ce malaise n'ait jamais existé, et qu'il n'existe que maintenant, alors que je me souviens de lui.

22

Chaque fois que je revenais d'une promenade à pied ou à vélo, je retraçais sur une carte de Rome les itinéraires que je venais de parcourir. C'était une petite carte de poche que j'avais volée à mon frère aîné et qui commençait à tomber en morceaux à force d'être pliée. Lorsqu'elle finit par se désagréger en seize rectangles, j'essayai de les assembler comme les pièces d'un puzzle. Je les collai par-derrière avec du ruban adhésif, mais les raccords étaient maladroits : les rues et les avenues ne s'alignaient plus, et je perdis peu à peu l'envie de m'y consacrer. C'est alors que, par hasard, j'accompagnai ma mère à la papeterie où elle achetait des fournitures de bureau pour mon père. Sur un mur, un immense plan de Rome attira mon regard. Des rouleaux de papier cartonné contenant des cartes identiques étaient en vente sur une étagère et je savais que ma mère ne pourrait pas me refuser ce cadeau, même si elle devait le déduire de mon argent de poche. En prime, le vendeur m'offrit un grand tube en carton, haut comme moi, pour ranger la carte. J'étais impatient de la dérouler sur la table à manger, ce que je fis dès mon retour. Après l'avoir admirée en détail pendant des heures, je la retournai, lissai soigneusement son verso contre la table et taillai mon crayon. J'avais déjà dessiné des villes dans mes cahiers scolaires ou sur les feuilles de bureau de mon père, mais jamais sur une surface aussi grande. Sur le revers de cette carte de Rome, je me mis à concevoir ma ville imaginaire. Par hasard, elle aussi était traversée par un fleuve avec une île en son centre, avec de nombreuses places jalonnées de fontaines, ainsi que des basiliques, des arcs, des remparts et des ruines ici et là. Mon plus grand plaisir était d'observer en détail l'urbanisme du centre historique, ses bifurcations, la sinuosité de ses rues souvent interrompues de façon abrupte, comme si elles avaient été pavées sans plan d'ensemble, épousant les contours des maisons et des palais déjà en place. Le seul inconvénient de mon atelier, c'était l'absence d'intimité, car mes frères, en entrant dans la pièce pour le dîner, se moquaient de ma ville avant que j'aie le temps de la ranger. Ils disaient que ce n'était qu'une imitation maladroite de Rome, une Rome inversée. Mais ils n'y comprenaient rien ; j'étais habité par Rome, je la recréais de l'intérieur. Ma grande sœur, en revanche, était ma plus grande alliée. Artiste de la famille, passionnée par Michel-Ange, Léonard de Vinci et Caravage, elle disait que j'avais du talent et voyait en moi un futur architecte ou urbaniste. Quand ma ville fut enfin achevée, je l'enroulai dans le tube et l'offris à ma sœur pour qu'elle le cache soigneusement avec sa guitare, au fond de l'armoire.

Mes parents, qui n'étaient pas sûrs d'avoir un jour une autre occasion de voyager en Europe, avaient décidé de profiter au maximum de ce séjour. Pour eux, cela signifiait avant tout se plonger dans des activités culturelles, visiter des musées et des églises baroques, explorer les villes voisines le week-end en compagnie de ma sœur aînée. Pour la dernière semaine des vacances universitaires, ils avaient prévu une escapade à Paris. Là-bas, ils comptaient inverser le jour et la nuit, croiser peut-être des existentialistes, découvrir le théâtre de l'absurde, visiter des expositions d'art moderne avec ma sœur, assister à des ballets et à des concerts d'orchestres renommés, dont les œuvres ne parviendraient jamais au Brésil. Les plus jeunes furent laissées dans un *asilo* à Rome, mais mes frères et moi fûmes emmenés dans le train, car il n'y avait personne pour nous garder. Moi, qui avais tant rêvé de la Ville Lumière, je découvris un Paris plus sombre que Rome, avec davantage de mutilés dans les rues et de sans-abris sous les ponts. En observant les journaux exposés dans les kiosques, je compris que le pays était encore traumatisé par sa défaite en Indochine. C'était peut-être ça qui expliquait l'air morose des Français, à nourrir leurs chiens tout en chassant les enfants des trottoirs. Ne parlant pas un mot de français et voyant mon anglais mal accueilli, je me contentai d'apprendre les bases indispensables : baguette, jambon, jeton et métro. J'étais le premier à me lever. Je me rendais au même café, commandais un sandwich au jambon et faisais durer mes jetons sur un flipper, la grande mode de l'époque. Mais le reste de ma journée, je la passais dans le métro, une nouveauté pour moi. J'aimais les vibrations souterraines, et muni d'un simple ticket, je circulais à l'infini jusqu'à la fermeture, quand les immigrés portugais descendaient pour nettoyer et réparer les installations. À force, je finis par mieux connaître le Paris souterrain que la Ville Lumière. À la fin du séjour, j'avais parcouru toutes les lignes de métro sur mon plan, mémorisé les affiches publicitaires dans les tunnels et repéré les distributeurs cassés où je pouvais grappiller des bonbons gratuitement.

Un après-midi, alors que j'attendais à la station Victor Hugo, installé sur un siège qu'un aveugle venait de quitter, j'aperçus mes frères marchant sur le quai. Une envie soudaine de les rejoindre me prit, mais la porte automatique du wagon se referma brutalement devant moi. Je descendis à la station suivante, Étoile, mais je m'arrêtai devant les portiques de sortie, de peur que mon ticket ne soit plus valable. Plus tard, flânant dans la fourmillante station du Châtelet, je les vis à nouveau sur un quai opposé, mais à peine j'ai levé la main pour leur faire signe qu'un autre train est arrivé, me coupant la vue. Je me précipitai, grimpai des escaliers trois par trois, traversai un couloir en courant, dévalai un escalier roulant, mais je ne les ai pas rejoints. À vrai dire, je ne savais même plus pourquoi je les cherchais. Finalement, le hasard nous réunit à la station Pigalle, où nous descendîmes de deux wagons différents en même temps. La nuit était tombée, et j'avais faim, mais je craignais de les perdre si je m'arrêtais pour manger. Je les suivis donc en silence, remarquant que, malgré nos chemises rayées identiques, personne ne faisait attention à nous. Dans ce quartier de Paris, il y avait plus d'étrangers qu'à Rome : il y avait des Noirs, il y avait des Asiatiques, on y portait des vêtements de toutes sortes, on y parlait des langues bizarres et des lumières scintillaient tout autour de nous ; à la veille de notre départ, je commençais à aimer la ville. Mes frères semblaient connaître le quartier. Ils marchèrent avec assurance jusqu'à l'entrée d'un cabaret, où nous regardâmes des photos de femmes blondes, les seins nus. Puis nous passâmes d'un cabaret à l'autre, observant d'autres photos de femmes, blondes, rousses ou noires, avec des poitrines de toutes tailles, aux tétons sombres ou rosés. Au bout de la rue, un cinéma projetait un film avec Martine Carol, célèbre pour ses scènes de bain dans chaque rôle, ce qui lui valait le titre de l'actrice la plus propre de Paris. Le film était interdit aux mineurs, mais le guichetier semblait indulgent : des adolescents boutonneux, à peine plus âgés que moi, entraient sans problème. Mon frère aîné acheta un billet, suivi, après une légère hésitation du guichetier, par celui du milieu. Quant à moi, je savais déjà que j'aurais moins de chance et que je serais refusé. Résigné, je mangeai une baguette au jambon en errant de cabaret en cabaret, jusqu'à ce que tous ces seins et ces tétons finissent par me fatiguer. À la sortie du cinéma, je retrouvai mes frères et les bombardai de questions : est-ce qu'on voyait des fesses ? Et des foufounes ? Mais ils restèrent muets comme des carpes, se vengeant ainsi de tous les torts que je leur avais causés dans la vie.

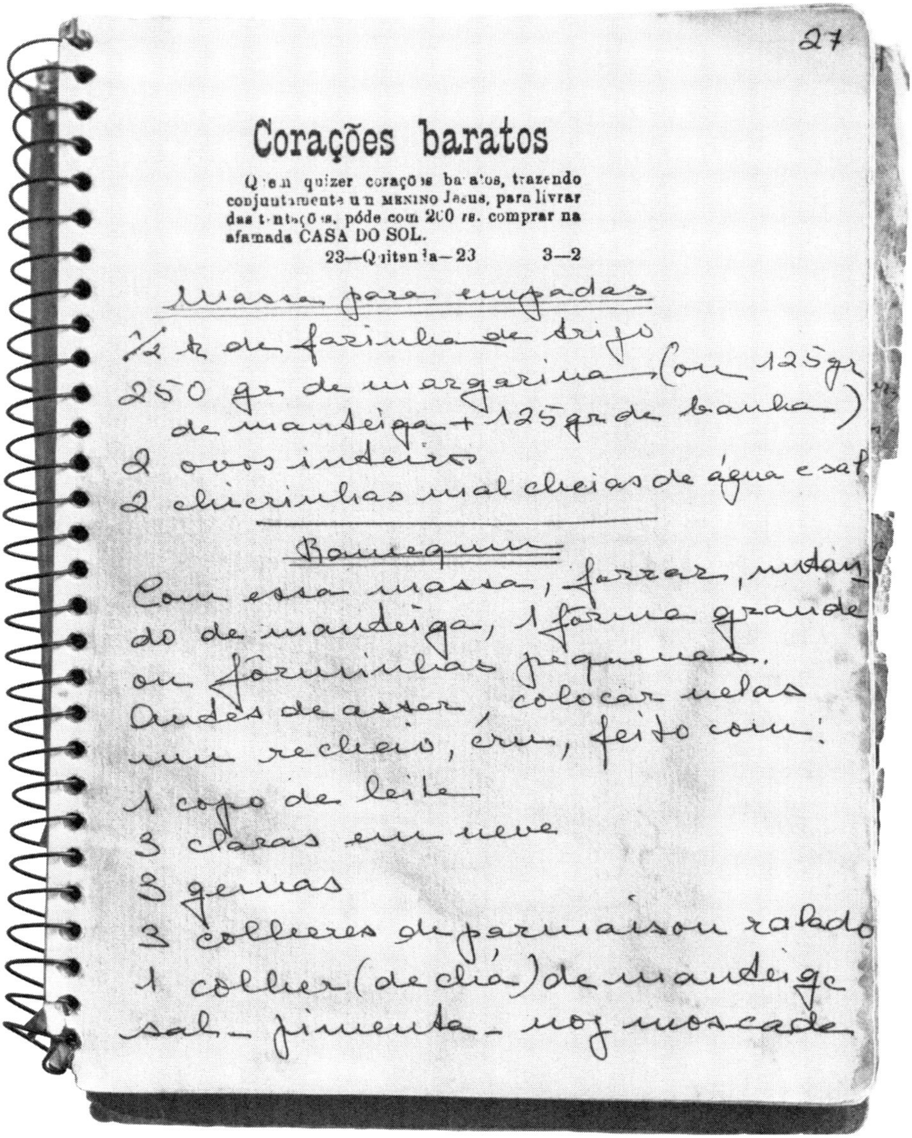

27

Corações baratos

Quem quizer corações baratos, trazendo conjuntamente um MENINO Jesus, para livrar das tentações, póde com 200 rs. comprar na afamada CASA DO SOL.

23—Quitanda—23   3—2

Massa para empadas

½ k de farinha de trigo
250 gr de margarina (ou 125 gr de manteiga + 125 gr de banha)
2 ovos inteiros
2 chicrinhas mal cheias de água e sal

Ramequim

Com essa massa, forrar, untado de manteiga, 1 forma grande ou forminhas pequenas. Antes de assar, colocar nelas um recheio, cru, feito com:

1 copo de leite
3 claras em neve
3 gemas
3 colheres de parmaison ralado
1 colher (de chá) de manteiga
sal – pimenta – noz moscada

23

HAPPY THANKSGIVING DAY !!! Pour le jour de l'Action de grâce, une affiche aux lettres phosphorescentes accueillait parents et élèves dans la salle des fêtes de l'école américaine. Du plafond descendaient des banderoles, des guirlandes et des grappes de feuilles automnales en plastique. Au fond, sur le buffet, trônaient des dindes dodues, entourées de tartes à la citrouille, de patates douces caramélisées, de compotes de mûres sauvages, de guimauves et d'autres gourmandises. Ma mère, soucieuse de bien faire, avait passé l'après-midi à préparer des dizaines d'*empadas* au fromage, s'aidant de son vieux livre de recettes et d'une main-d'œuvre sarde. Quand elle les sortit du four, elles me parurent un peu trop dorées, mais elle était satisfaite du résultat et les emballa soigneusement dans une boîte à pizza du restaurant Glicine. Dans le bus, elle remit la boîte à mon frère aîné, qui la garda sur ses genoux jusqu'à notre arrivée à l'école, avant de la passer à mon frère du milieu. À l'approche de la salle des fêtes, ce dernier me tendit la boîte à son tour, que j'essayai de rendre à l'aîné. Celui-ci serra les poings, m'asséna deux coups sur la tête et partit jouer avec notre frère dans la cour, où parents et enfants s'amusaient à lancer des boomerangs ou à faire des courses en sac. Pendant que ma mère discutait avec le frère Gordon et le frère Thomas, je déposai la boîte encore fermée dans le coin le plus discret de la table.

Je pouvais m'accommoder du ballon ovale, mais je ne jouais pas au football américain, car ma mère ne voulait pas acheter le casque et les épaulières obligatoires. Je quittai la salle des fêtes pour me rendre sur le terrain, où l'équipe de Notre Dame affrontait notre grande rivale, une école laïque appelée American Overseas School. J'y allais surtout pour voir Archie, le seul élève de ma classe à avoir intégré l'équipe de Notre Dame. À mon arrivée, je le vis avec le numéro 44, s'échauffant en courant d'un bout à l'autre du terrain, en avant puis en arrière. Son père, en short et baskets, l'encourageait en tapant des mains de façon rythmée : hey, hey, hey. Sa mère, qui portait une jupe fleurie et des lunettes de soleil, m'évoquait une image récurrente où je l'imaginais déguisée en lapine. Elle était en pleine médiation entre son mari et le frère Howard, l'entraîneur de notre équipe. Le père d'Archie était furieux de voir que le match approchait de son dernier quart-temps alors que son fils restait assis sur le banc, épuisé par l'échauffement. Le frère Howard avait pourtant un argument solide : l'équipe d'Overseas alignait onze mastodontes, probablement des élèves de dernière année, voire d'anciens élèves, et Archie n'avait pas la carrure pour encaisser les chocs. Finalement, le père d'Archie céda sous la pression de la mère, et en regardant la scène, je ne pus m'empêcher de penser à mon propre père. Je l'imaginais assez mal, jambes nues, consoler son fils au bord d'un terrain de football. Mon père vieillissait, il avait passé la cinquantaine et aurait presque pu être le père du père d'Archie. Mais j'aurais aimé qu'il vienne, au moins une fois, visiter mon école, où beaucoup devaient penser que ma mère était veuve. J'aurais voulu leur montrer que mon père n'était pas un homme ordinaire. C'était le seul parent d'élève de l'école américaine à avoir publié un livre en Italie, le seul à occuper une chaire à l'Université de Rome, où le programme d'études brésiliennes risquait de disparaître après son départ. Justement, ce départ imminent faisait l'objet de la conversation entre ma mère et les frères de l'école, à qui elle proposait ses *empadas* quand je revins à la salle après le match. L'endroit était déjà bondé d'élèves, de parents et de professeurs affamés, et je surpris ma mère en train de dire au frère Gordon que les plus belles années de sa vie, elle les avait passées à Rome. Les dindes étaient découpées avec des couteaux de boucher et servies dans des assiettes en carton. Les convives complétaient leurs assiettes avec des salades à la mayonnaise, des pommes de terre rôties, des cornichons et d'autres plats salés disposés sur le buffet. Puis vinrent les desserts, et le festin ne s'interrompit que lorsque la sonnerie d'une cloche électrique nous invita à nous rendre à la chapelle pour la cérémonie.

Dieu généreux, merci pour nos amis, pour la sécurité et le bonheur que nous ressentons, et pour tout ce que nous apprenons chaque jour. C'était le frère Gordon qui dirigeait la prière : puissions-nous mettre en pratique ce que nous apprenons afin de rendre notre monde meilleur, au nom du Christ, Son fils, amen. N'ayant aucune envie de rester là, je dis à ma mère que je préférais partir. Cette routine, je la connaissais par cœur depuis l'année précédente : un professeur de chaque classe montait en chaire, prononçait un discours bienveillant à l'attention de ses élèves et de leurs familles, puis distinguait une grosse tête quelconque en lui remettant une boîte de brownies sur l'autel. Les flatteries et les courbettes se succédaient, et lorsque vint le tour de ma classe, ce fut mister Welsh qui s'avança. Dès son introduction interminable et le clin d'œil qu'il m'adressa, je me mis sur mes gardes. Je n'étais pas le meilleur de la classe, mais mister Welsh m'invitait à l'autel car j'étais un élève apprécié de tous, qui, hélas, quitterait Notre-Dame à la fin de l'année. Il ajouta que malgré un tempérament impulsif, propre aux Latins, je faisais preuve d'une âme sensible et d'un caractère affable. En entendant ce mot, affable, je ressentis la main gauche de mister Welsh prête à descendre le long de mon dos. J'étais pourtant debout à sa droite, à plus de deux mètres de distance, mais je ne pus m'empêcher d'avoir la sensation nette que sa main glissait sous mon slip alors qu'il déclarait que les valeurs humaines acquises dans notre école m'accompagneraient tout au long de ma vie. Je perçus un bruissement dans la chapelle et surpris Archie en train de murmurer quelque chose à l'oreille de son père, qui ne put retenir un éclat de rire. Mister Welsh poursuivit son discours en affirmant que, Dieu soit loué, je trouverais mon pays transformé, engagé sur la voie du progrès et de la liberté. C'est à ce moment-là que je sentis qu'il enfonçait ses ongles dans la chair de mes fesses, ce qui n'arrivait bien sûr que dans mon imagination. Ce qui est sûr, c'est que le père d'Archie transmit à sa femme le secret murmuré par leur fils. Elle réprima un sourire avant de le confier à l'oreille de la mère de Sam, qui à son tour le glissa au père de Joe, et ainsi de suite, comme un téléphone arabe. À l'exception de ma mère et du frère Gordon, toute la première rangée semblait maintenant se distraire à mes dépens. Je n'avais plus le moindre doute, toute l'école était au courant des familiarités que le professeur s'était permises avec moi par le passé. Le père d'Archie était celui qui riait le plus, bien conscient que mister Welsh n'aurait jamais osé poser la main sur le cul de son fils, sous peine d'être non seulement renvoyé de l'école, mais également condamné à une peine de prison pour abus sur mineur. Quant à moi, j'étais un garçon brésilien, issu d'une famille brésilienne, et tout le monde sait que les Brésiliens, avec leurs mœurs libérales, ne s'offusqueraient pas pour une plaisanterie anodine. Une fois à la retraite, peut-être que mister Welsh rêverait de passer du temps sur les plages de Rio, où il sélectionnerait soigneusement des garçons métis aux fesses palpables pour les emmener dans une chambre d'hôtel. Avant de les congédier, il leur laisserait sans doute un petit cadeau, comme cette boîte de brownies qu'il m'avait donnée à la fin de son discours.

Dans le bus du retour, je tendis la boîte de brownies à mon frère aîné, qui la passa à celui du milieu, qui me la rendit, et je la balançai par la fenêtre. Avant que ma mère ne réagisse, je lui expliquai mon indignation d'être devenu la risée de mes camarades et même de mes frères. Elle sourit alors, me tira l'oreille et me dit d'arrêter d'être si égocentrique, car personne dans la chapelle ne parlait de moi. On riait du pet fétide du frère Gordon, lança mon frère aîné, au grand scandale de ma mère, qui, tout comme moi, avait une profonde aversion pour tout ce qui touchait à la scatologie. Après un silence, mon frère du milieu conclut : la faute aux *empadas*.

24

Recordar é viver
Eu ontem sonhei com você
Eu sonhei
Meu grande amor
Que você foi embora
E logo depois voltou

(Se souvenir, c'est vivre
Hier, j'ai rêvé de toi
J'ai rêvé
Mon grand amour
Que tu étais parti
Puis que tu étais vite revenu)

Cette samba s'annonçait comme le grand succès du carnaval de 1955, et c'est une amie de ma sœur, venue en Italie dans le cadre d'un échange culturel, qui nous avait apporté le disque. Pendant mes derniers jours à Rome, je m'appliquai à en apprendre les paroles et la deuxième voix, et, le soir, je ne me lassais pas de la chanter en duo avec ma sœur, à la guitare, pour être prêt à la maîtriser parfaitement à mon retour. On m'avait dit que toute la famille viendrait nous accueillir sur le quai du port de Rio. Il semblait qu'une feijoada était prévue dans l'après-midi, chez des parents à

Copacabana, et qu'ils seraient tous impatients de voir et d'entendre les petits Italiens. Je m'attendais à ce qu'ils nous demandent de dire quelques mots dans la langue, qu'ils nous posent des questions sur la tour de Pise, les canaux de Venise, le Vésuve et tout ça, mais je savais que je manquerais vite de patience. Ce que je voulais surtout, c'était discuter avec mon cousin pour découvrir les dernières expressions à la mode de l'été carioca. Dès que possible, j'irais à la plage pour faire disparaître ce teint pâle de gringo que j'avais pris dans ces terres étrangères. Je voulais retrouver le bronzage que je gagnais toujours pendant mes vacances à Rio, pour l'exhiber fièrement à la rentrée à São Paulo. Je flânerais sur le sable fin de Copacabana, un esquimau à la main, jusqu'à me retrouver dans une *roda de samba*, à chanter en chœur le tube du prochain carnaval. Mais par moments, malgré moi, je me surprendrais peut-être à fredonner “Luna rossa” ou une autre de ces mélodies qui s'étaient accumulées dans ma mémoire pendant ces deux ans. Voilà qu'à l'instant, le mambo qu'une radio diffusait dans le film *Rome, ville ouverte*, en hommage aux femmes de Copacabana, m'est revenu en tête :

Laggiù a Capo Cabana
A Capo Cabana
La donna è regina
La donna è sovrana

(Là-bas, à Capo Cabana
À Capo Cabana
La femme est reine
La femme est souveraine)

Dans les rues de Rome, nombreux étaient ceux qui affirmaient que le bon temps, c'était celui de Mussolini, quand les trains n'avaient pas une minute de retard. Mes parents ne partageaient absolument pas cette opinion, mais la grève des cheminots nous obligea à modifier nos plans de départ : au lieu de prendre le train de nuit pour Gênes, un minicar nous emmènerait dans un trajet bien plus long. Ma mère fut en fin de compte ravie, car nous pourrions admirer en plein jour les beaux paysages de l'Ombrie et de la Toscane. À l'approche de notre départ un va-et-vient de déménageurs s'organisa chez nous pour empaqueter et charger dans un camion la montagne de livres de mon père, les verreries de Murano et des objets plus lourds ou volumineux. Je tenais à surveiller personnellement l'emballage de mon vélo, tandis que ma grande sœur insistait pour qu'on colle une étiquette FRAGILE sur les caisses contenant la platine et les disques. Sa guitare, en revanche, elle avait décidé de l'emmener partout, en bandoulière.

Le jour du départ, ma mère avait imposé que tout le monde soit prêt, habillé et propre, pour quitter la maison à midi pile. Dernier dans la file de la salle de bains, je finis par me laver, sous un jet d'eau glacée, dans le cabinet de toilette au bout du couloir, délaissé en hiver. Je voulais passer à l'épicerie pour dire au revoir à Amadeo avant l'arrivée du minicar. En signe d'amitié et avec un bel esprit de sacrifice, j'avais décidé de lui offrir mon ballon de foot, ce ballon professionnel qu'il croyait avoir appartenu à Ghiggia. La neige tombée dans la nuit avait laissé quelques plaques sales le long des trottoirs et je trouvai Amadeo seul avec

Graziella, qui était un peu sa petite amie. Plus d'une fois, quand ses parents étaient à l'intérieur, je l'avais vue lui embrasser la joue avant de repartir avec un fruit à la main. Elle s'était toujours montrée aimable avec moi et, en apprenant mon départ, avant de quitter l'échoppe avec une mandarine, elle me donna un baiser, ses lèvres effleurant à peine les miennes. Amadeo semblait ému, sur le point de pleurer, peut-être à cause de nos adieux ou du ballon de Ghiggia. Ou peut-être à cause de Graziella, qui m'attendait de l'autre côté de la rue et me fit signe de la suivre. En marchant main dans la main avec elle sur le viale Gorizia, je lui dis que je ne pouvais pas m'éloigner trop longtemps, mais elle insista pour tourner à droite dans la via degli Appennini. Je calculai qu'il restait moins de quinze minutes avant midi, mais elle avançait lentement, craignant de glisser sur les pavés humides. À l'angle suivant, elle hésita un instant avant de bifurquer à gauche dans la via delle Isole. Quand nous arrivâmes Villa Paganini, je lui dis qu'il était temps pour moi de rentrer, mais elle m'entraîna par la main à l'intérieur du parc. Nous suivîmes un sentier de graviers où, un jour, j'avais disputé une course de capsules de bouteille. Sur la pelouse où j'avais un jour joué au foot, elle s'assit et me pria de faire de même. Elle me tendit la mandarine et me demanda de l'éplucher, mais avec mes gants en laine la tâche était impossible. Elle s'en saisit alors brusquement, planta son pouce dans l'écorce et l'éplucha tout en me regardant dans les yeux. Elle jeta les morceaux de peau sur l'herbe, et je regardai autour de nous pour m'assurer qu'aucun gardien ne viendrait nous expulser. Graziella examina la mandarine pelée, compta sept quartiers et poussa un petit cri. J'étais chanceux :

sept, c'était un chiffre porte-bonheur, et une mandarine à sept quartiers, c'était aussi rare qu'un trèfle à quatre feuilles. De plus, ces quartiers, peu nombreux, étaient plus gros et juteux que d'ordinaire. Je la remerciai pour l'information et essayai de me lever, mais elle me retint en enroulant ses jambes autour des miennes. Elle détacha un quartier, glissa une main sous sa jupe et, au bruit de l'élastique, je compris qu'elle l'avait frotté contre son intimité, à l'intérieur de sa culotte. Elle me dit de sentir le quartier, qui avait une odeur un peu acide, puis de le lécher. Sa surface avait un léger goût aigre-doux, mais je lui assurai que c'était la chose la plus délicieuse que j'avais jamais goûtée, car je devais effectivement rentrer chez moi. Alors elle jeta le premier quartier, en frotta un autre à l'intérieur d'elle et me dit qu'avec toute cette précipitation, je ne connaîtrais jamais le plaisir de lécher une mandarine. L'arôme était cette fois plus étrange, plus intense, puis je passai ma langue sur la fine membrane du quartier, le pressai légèrement, et les gouttelettes qui s'en échappèrent avaient un goût plus proche de Graziella que du fruit. Elle m'ordonna de le mâcher et de l'avaler sans recracher les pépins. Je me passai la langue sur les lèvres et la remerciai encore, mais je ne pouvais plus traîner, car ma mère était capable de partir sans moi. Alors elle accéléra le rythme en me tendant les quartiers deux par deux. Les premiers, déjà très humides, glissèrent dans ma bouche pendant que je regardais Graziella, qui avait les yeux fermés. Avec les suivants, j'appris à passer délicatement ma langue entre les deux morceaux, m'efforçant de ne pas rompre la fine membrane qui les reliait. Lorsqu'il ne resta plus qu'un dernier quartier, elle y planta ses ongles et le retourna telle une fleur. En suçant le quartier ouvert, imbibé des fluides de Graziella, je compris d'où venait cette étrange inquiétude entre les jambes qui m'envahissait à chaque fois que je pensais à la signorina Grazia. Je me penchai sur Graziella et l'embrassai avec la langue, en imitant le couple brésilien que j'avais observé une nuit dans le restaurant. Elle demanda un autre baiser, puis encore un, et un autre, et c'est alors que les cloches sonnèrent, les cloches de toutes les églises de Rome retentirent en même temps. Comprenant qu'il était midi, je m'arrachai à notre dernier baiser, mais Graziella mordit ma lèvre inférieure et refusa de me lâcher. Quand je me relevai de l'herbe, elle resta accrochée à moi, et après l'avoir repoussée brusquement, j'eus l'impression de laisser un bout de ma lèvre entre ses dents. En courant vers la maison, je portai ma main à ma bouche blessée et mon gant en laine se teinta de rouge. Avec ce goût de sang sur la langue, je me demandai si c'est bien comme ça qu'un garçon devient un homme.

Chico et ses frères et sœurs.

25

En arrivant sur la via San Marino, j'aperçois une camionnette argentée qui s'éloigne du numéro 12. Un vieillard à l'haleine chargée d'alcool et à la voix de baryton lance des vivats à Mussolini et me bouscule à deux pas du portail. Titubant, il s'agrippe à ma chemise, m'empêchant presque d'atteindre l'interphone, qui sonne, sonne, sans qu'on ne réponde. Je décide alors de faire un tour, et au croisement de la San Marino et du viale Gorizia, là où il y avait autrefois une épicerie, se dresse désormais une boutique d'antiquités. À travers la vitrine, je vois un cadre photo rempli de portraits anciens, je vois des plateaux et des chandeliers en argent, je vois une collection de cannes dans un porte-cannes en céramique, je vois des képis, des dolmans, des médailles, des uniformes militaires, et je vois un jeune antiquaire qui me regarde. L'idée de pénétrer dans la boutique pour tuer le temps me traverse l'esprit, mais l'attitude du vendeur n'a rien d'engageant. Alors je vois mon reflet dans la vitrine, un visage marqué par une nuit écourtée, des vêtements froissés, comme quelqu'un qui s'est contenté de déposer ses affaires à l'hôtel avant de repartir. En dehors de moi et du vieil ivrogne, je remarque que les passants sont bien plus élégants que du temps où je vivais ici. Des hommes en costume de cadres traversent la rue, suivis de femmes en tailleur. Puis passe une jeune Noire élancée, vêtue d'une tunique africaine, avec des cheveux tressés et un grand sac à main, de marque ou d'imitation. Elle marche à grands pas hautains en direction de mon ancien immeuble, l'un des rares rescapés des années 1950. Il est possible qu'il ne reste de cet immeuble que la façade, soigneusement préservée pour son prétendu intérêt historique, tandis que l'intérieur aura été démoli et modernisé dans ce que les architectes appellent un rétrofit. Je presse le pas pour suivre la jeune femme, espérant que mon vieil appartement existe encore et curieux de savoir si elle en est l'actuelle occupante. Elle s'arrête effectivement devant le numéro 12, fouille dans son grand sac en cuir, mais à ce moment, l'ivrogne l'interpelle en levant le bras dans un salut fasciste. La femme, presque deux fois plus grande que lui, le fixe et lui répond d'une voix forte, peut-être dans un dialecte africain, des mots qui suffisent à le faire fuir. Elle utilise une carte magnétique pour ouvrir le portail pivotant, qui commence à se refermer automatiquement après son passage. J'intercepte le lourd portail juste à temps, mais à l'intérieur, il n'y a déjà plus aucune trace d'elle.

Soudain, comme un vertige, le souvenir fugace de l'intérieur de l'immeuble se matérialise devant moi avec une netteté saisissante. Là se trouvent le plafond haut, les murs couleur crème, là, l'odeur d'ail et de coriandre, là, l'écho de mes pas, là, les huit marches de l'escalier en marbre et le tapis rouge menant à l'ascenseur, avec sa porte Art déco en fer et en verre. Surtout, là, sur la droite, je reconnais la porte de mon ancien appartement, en bois massif, plus sombre que le portail de la rue. À gauche de la porte, une sonnette, désormais peut-être obsolète, remplacée par l'interphone. Avant que je trouve le courage de frapper, j'entends la voix de la jeune Africaine me demander ce que je veux. Mais cette voix ne vient pas de l'appartement, elle provient de derrière moi, où je vois émerger la jeune femme d'un réduit sous l'escalier. Elle a troqué sa tunique colorée pour une salopette en molleton, porte un bonnet en résille et des chaussons en feutre. Avec un léger accent français, elle m'informe que l'appartement 2 est vide depuis longtemps. Congolaise ? Je tente ma chance, mais non, elle est sénégalaise, et sans mentir, cherchant à gagner la confiance de Nadine, c'est ainsi qu'elle s'appelle, j'affirme être passé par Dakar dans mon enfance. Je lui demande comment visiter l'appartement, mais elle me tourne le dos, car elle n'a pas le temps de discuter pendant son service. Elle entre tant bien que mal dans l'étroit ascenseur chargée d'un seau bleu à moitié rempli d'eau, d'un flacon de détergent, d'un chiffon, d'une serpillière et d'un balai. Je rappelle l'ascenseur et monte au quatrième étage, où je retrouve Nadine en train de balayer le parquet entre les appartements 7 et 8. Elle semble absorbée par la musique de ses écouteurs. Quand je lui tapote l'épaule pour lui proposer un café après son service, elle se braque et me répond sèchement qu'elle a déjà quelqu'un. Je proteste aussitôt, lui expliquant que je n'ai aucune intention déplacée et que je n'ai plus l'âge d'importuner les jeunes filles, mais elle me demande de parler plus bas, car Mme Catanzaro travaille chez elle et ne doit pas être dérangée. À cet instant, la porte de l'appartement 8 s'entrouvre et Mme Catanzaro, d'un ton excédé, demande d'où vient tout ce vacarme. Je prends immédiatement la responsabilité du dérangement en apercevant une partie de son visage à travers l'entrebâillement : une mèche de cheveux gris et frisés, un œil droit noisette et une joue traversée par la chaîne de sécurité, que je confonds presque avec une cicatrice chéloïde. Elle ne connaît pas les propriétaires de l'appartement 2, elle a entendu dire qu'il appartient à une société anonyme. Elle referme la porte sans dire au revoir, et je reste un instant à espérer qu'elle la rouvre entièrement après avoir déverrouillé la chaîne. En redescendant dans l'ascenseur vitré, j'aperçois Nadine accroupie, frottant les plinthes de l'escalier avec un chiffon. Avant de partir, je frappe trois fois à la porte de mon ancien appartement, moins par espoir que par superstition.

Une fois dans la rue, je regrette d'être sorti. Je sonne à l'interphone des appartements 3, 7 et 5, mais personne ne répond. Au 6, un enfant décroche, puis raccroche immédiatement après mon bonjour. Au 8, c'est Mme Catanzaro qui répond. Je m'excuse, prétextant une erreur, mais j'en profite pour lui signaler que je loge à l'hôtel Mercure, au cas où elle aurait des nouvelles concernant l'appartement 2. *Va bene, va bene*, répond-elle avant de raccrocher. Je m'adosse alors au portail et commence à attendre Nadine. Les cloches sonnent midi, le soleil printanier perce doucement, la fatigue m'envahit et je finis par m'asseoir sur le pas de la porte, au risque de passer pour un clochard. Je pense à ma femme, à mes filles, aux proches que j'ai laissés à Rio sans un mot pour éviter de devoir justifier ce que je venais faire à Rome. Les paupières de plus en plus lourdes, je pense à la Fontana di Trevi, à Mme Catanzaro, au pape François, à Lucrèce Borgia, à la statue équestre de Garibaldi, aux serpents qui ornent la tête de la Méduse, à la queue de poisson de Triton, à Romulus et Rémus nourris par la louve, à mon père parlant latin avec l'antiquaire, et je sursaute en entendant la voix de Nadine, qui me demande la permission de passer ; je n'avais pas remarqué le vieil ivrogne endormi à mes côtés sur le pas de la porte. Nadine se fraye un passage entre nous deux du bout du pied, sans prêter attention à mon appel, et entre avec son élégance naturelle dans l'immeuble voisin, le numéro 14, où elle doit disposer d'un autre réduit pour se changer. Une demi-heure plus tard, je la vois sortir du 14, entrer dans le 16, fermement décidée à m'ignorer. Je quitte la via San Marino, tourne à droite dans la via Gradisca et, au deuxième pâté de maisons, j'atteins l'hôtel Mercure, un édifice soit récemment rénové, soit fraîchement construit.

Ce n'est pas le meilleur hôtel de Rome, mais il me donne l'impression d'être près de chez moi et il a l'avantage de disposer d'une terrasse privée où je peux fumer. Dans ma chambre, je commande une focaccia au jambon de Parme, une demi-bouteille de vin blanc et un paquet de Chesterfield. Fraîchement douché, rasé de près et vêtu de vêtements propres, je suis salué en anglais à la réception. Dans un italien soigné, roulant les doubles *r* comme il se doit, je demande qu'on m'appelle un taxi. Le chauffeur, un homme d'âge mûr, me fait répéter l'adresse : 796, via Aurelia 796. En m'observant dans le rétroviseur, il finit par me demander si je ne suis pas, par hasard, un artiste. Il m'explique être un fervent spectateur de TV 2000, une chaîne qui diffuse une émission consacrée aux interviews d'acteurs et de musiciens vétérans. Et pas seulement des artistes, mais des célébrités en général ;

d'ailleurs, il a même conduit, l'autre jour, un ancien libéro de l'AS Roma aux studios de la via Aurelia. Je lui réponds que je vais à la Notre Dame International School, mais il secoue la tête : cette école catholique n'existe plus depuis la fin du siècle dernier, elle a été remplacée par les locaux de TV 2000. La nouvelle ne me trouble pas, car je n'ai pas besoin de voir l'école pour me souvenir avec précision de ce que j'y ai vécu. Je demande au chauffeur de me déposer directement sur le corso Trieste, à l'angle où se trouvait autrefois un restaurant que ma famille fréquentait, aujourd'hui transformé en une agence de la Caixa Econômica. N'étant plus un enfant, je me suis habitué à voir les vieux bâtiments remplacés par des neufs, ou bien les bâtiments modernes se dégrader à leur tour. Ce qui me perturbe, c'est de voir, au milieu de l'avenue, des pins identiques à ce qu'ils étaient il y a soixante-dix ans. Je prends le viale Gorizia et retourne sur la via San Marino, me souvenant que j'ai oublié de donner mon nom et le numéro de ma chambre à Mme Catanzaro. Elle décroche l'interphone d'un ton irrité, fatiguée d'être interrompue dans ses lectures. Je m'excuse en lui disant que j'admire ceux pour qui la lecture est un métier ; accro à la littérature, je m'imagine qu'elle passe ses journées à évaluer des manuscrits pour une maison d'édition. J'improvise alors en inventant des écrits de ma main, que j'oserais traduire et lui soumettre pour avis, mais elle m'explique que ses lectures se limitent à des expertises juridiques et des dossiers administratifs. Bien sûr, il lui arrive de se distraire avec des choses plus légères pendant son temps libre. Je saisis l'occasion pour lui confier mon projet de longue date : écrire un livre de souvenirs romains. Si celui-ci venait à être publié en italien, je lui enverrais volontiers un exemplaire par la poste. Cela lui permettrait de comprendre l'obsession qui me pousse à revenir dans cet appartement où j'ai vécu deux années de mon enfance, la véritable raison de mon voyage depuis le Brésil. Le Brésil ? À entendre ma prononciation, elle était persuadée que j'étais bulgare. La clarté de sa diction, prononçant chaque syllabe comme dans une dictée, me rappelle la signorina Grazia, la professeure d'italien de mon père. À l'époque, j'avais peur qu'il ne parte avec elle à Naples, où ils s'installeraient pour élever une nouvelle famille de sept enfants.

26

Décalage horaire, adrénaline, insomnie et, avec un ou deux comprimés de Zolpidem, j'ai oublié de tirer les rideaux. Je me suis réveillé avec le soleil en pleine figure, j'ai pris un autre somnifère et je ne me lève qu'en milieu d'après-midi, à 16h16. Mon téléphone, en mode avion, ne me sert que de montre de chevet, je n'active même pas la sonnerie pour éviter de tomber sur une mauvaise touche. Je préfère ne pas voir une avalanche de messages en attente, ni constater qu'il n'y en a aucun. Je commande au room service une focaccia au jambon de Parme, une demi-bouteille de pinot grigio et un paquet de Chesterfield. Je me rase, je prends une douche, puis j'appelle un taxi pour me rendre à la galerie de la piazza Colonna, où je me souviens d'une grande librairie, successivement nommée Hoepli, Rizzoli, puis Feltrinelli, un endroit idéal, en somme, pour me perdre un moment. Le chauffeur de taxi, me prenant pour un touriste naïf, s'amuse à faire des détours dans la ville, ce qui ne me dérange pas au début. Nous contournons la piazza Navona, passons devant le Panthéon, apercevons la colonne de Marc Aurèle, puis nous atteignons les rives du Tibre où nous traversons un pont, revenons par un autre, et à la troisième fois où nous passons par la piazza di Spagna, je règle la note et le remercie. De là, il y a cent trente-cinq marches jusqu'à l'église de Trinità dei Monti, que je gravissais autrefois trois par trois en faisant la course avec mes frères. Une prouesse aujourd'hui impossible, non seulement à cause de l'arthrose dans mes genoux, mais aussi parce que l'escalier est bondé d'étudiants et de routards, allongés les uns sur les autres, fumant des joints ou vidant des canettes de bière. Je monte les marches en biais, m'arrêtant deux fois pour faire une pause, et parviens enfin au sommet, essoufflé. Mon cœur bat à tout rompre, mais j'attribue cette accélération au coucher de soleil, qui illumine les murs couleur ocre et le visage des adolescentes, me rappelant ma sœur disparue.

Ils n'ont pas de vélos nickelés, encore moins avec des pneus blancs. Mais sur place, au Pincio, j'en ai trouvé un bleu métallisé, sans vitesses, avec lequel je dévale la Villa Borghèse à vive allure, presque tenté de lâcher le guidon. Une fois sorti de la zone piétonne, me voilà plongé dans le chaos du trafic romain, zigzaguant tant bien que mal entre les voitures bloquées dans les embouteillages, m'appuyant sur les capots, frôlant les rétroviseurs, essuyant les klaxons et les jurons des motards, jusqu'à atteindre de larges avenues où je roule, visage au vent, au gré du vélo. Je me laisse aller, comme tant de fois je me suis laissé porter là où je voulais, et ici je revois la valse dansée avec la bouleversante actrice Alida Valli. En passant par le quartier de Parioli, je reconnais l'immeuble où elle vivait, et son appartement est tout éclairé. Un instant, j'imagine son fils Carlo ouvrant la porte, stupéfait de me voir, mais je me rappelle aussitôt qu'il est mort peu après elle. La nuit est tombée sans que je m'en rende compte et, les jambes engourdies, je laisse le vélo sur le trottoir, devant l'église de la piazza Euclide. Je monte dans le premier bus qui passe, le 168, qui me dépose par hasard à proximité du corso Trieste.

En passant devant mon immeuble, je m'obstine à sonner à l'interphone de l'appartement 8, d'où me parvient une voix d'homme au timbre rocailleux. Je demande qui parle, il répond : Catanzaro ; je préfère ne pas demander des nouvelles de madame. Sur la via San Marino, silencieuse et faiblement éclairée, un garçon en culottes courtes passe en courant à côté de moi. Il s'arrête brusquement, se retourne pour me regarder, puis disparaît en tournant à droite sur la via Gradisca, vers mon hôtel. En arrivant à l'angle, je le vois, chemise déboutonnée, adossé à un poteau, sifflant une mélodie qui me semble improvisée. Il doit avoir une dizaine d'années et, quand je m'approche, il me fixe comme s'il me connaissait. Moi aussi, son visage me semble familier, je suis sur le point de le saluer, peut-être même de lui demander s'il est brésilien. Mais voilà qu'il repart en courant, tourne à gauche sur la via Parenzo, et je ne le vois plus quand j'arrive à l'angle de la rue, j'entends seulement un sifflement, mais parfois, au cœur du silence, j'entends des sifflements. Je continue sur la via Gradisca jusqu'à l'entrée de l'hôtel, mais je choisis de marcher encore un peu, car la nuit s'est rafraîchie et je n'ai pas sommeil. La via Gradisca se termine sur la via Tolmino, l'une des rares rues du quartier où je n'ai jamais mis les pieds. Je la longe jusqu'à l'intersection avec la via Bolzano, où je me retrouve nez à nez avec le gamin. Par réflexe, je fais demi-tour, et je l'entends marcher derrière moi, me demandant qu'est-ce que je lui veux :

– *Cosa vuole da me ?*

Je presse le pas en direction de l'hôtel, mais le gamin crie au milieu de la rue :

– *Cosa vuole da me ? Cosa vuole da me ?*

Le portier de nuit sort sur le trottoir et me demande en anglais si quelqu'un m'importune, tandis que le garçon hurle maintenant à pleins poumons qu'il ne veut pas aller à l'hôtel :

– *All'albergo non ci vado ! All'albergo non ci vado !*

Je monte dans ma chambre, passe de l'eau sur mon visage et sors sur la terrasse pour fumer. Mais la terrasse donne sur la rue, et en allumant ma cigarette les cris reprennent en bas :

– *Cosa vuole da me ? Cosa vuole da me ? All'albergo non ci vado !*

27

La sonnerie du téléphone me fait sursauter, j'ai peur que quelqu'un au Brésil n'ait découvert où je me trouve. Mais en ouvrant les yeux, je réalise que l'appel ne peut venir que de l'hôtel : la réceptionniste me transfère une communication de Mme Catanzaro, qui souhaite me voir en personne. J'espère qu'il ne s'agit pas d'une embrouille avec son mari, car je suis moi-même marié et je n'ai jamais eu l'intention de la draguer. Elle m'ouvre le portail de l'immeuble par l'interphone, puis répond à la sonnette en entrouvrant la porte. La chaîne de sécurité reste en place, mais ses cheveux soigneusement lissés et l'ombre à paupières qu'elle a appliquée sur son œil droit verdit son regard noisette. D'une voix murmurante, elle me livre ses informations sur l'appartement 2 : grâce à ses relations avec des avocats du bureau provincial de Rome, elle a appris que le bien est enregistré au nom d'une société russe. Ce que cette société fait à Rome demeure un mystère, mais Mme Catanzaro me glisse qu'elle soupçonne ces Russes d'être impliqués dans l'espionnage ou des trafics clandestins. D'après ses contacts à la mairie, cependant, l'appartement aurait été acheté il y a quelques années à des fins purement spéculatives. En attendant un contexte économique plus favorable, il reste inoccupé, mais elle croit que, moyennant une somme raisonnable, les propriétaires pourraient envisager de le vendre. Bien qu'elle ne soit pas agente immobilière, elle se propose volontiers comme intermédiaire dans les négociations, car elle préfère avoir un écrivain sud-américain comme voisin plutôt que la mafia russe. Je ris et explique à Mme Catanzaro que je n'ai jamais eu l'intention d'acheter ou de louer cet appartement, observer les lieux pendant quelques minutes me suffirait largement. Dans ce cas, elle me dit que je n'aurais pas dû gaspiller son temps et sa bonne volonté, il suffisait de parler à la Noire, qui a les clés, fait le ménage et chasse les rats de l'appartement 2. Mme Catanzaro claque la porte avec un écho qui résonne du quatrième étage jusqu'à la cage de l'ascenseur.

Je voulais simplement observer l'appartement, y entrer, sentir son atmosphère ; plus précisément, je voulais me souvenir et éclaircir un événement qui m'échappe vu de l'extérieur. J'ignore si Nadine aime les livres, mais je lui confie que j'écris un roman dont une partie essentielle se déroule dans cet appartement dont elle détient les clés. Dans une pièce qu'avec la distance je n'arrive pas à localiser précisément, s'est produit un épisode de mon enfance qui repose, à demi-caché, dans ma mémoire. Peut-être un acte violent, je ne sais pas, un événement qui est mort là-bas, dont personne n'a jamais parlé, ni durant le reste de mon séjour à Rome, ni après, à aucun moment de ma vie. Ce qui est certain, c'est que je n'ai jamais osé entrer à nouveau dans cette chambre, où peut-être des traces de sang subsistent encore, ou pas. Lorsque nous sommes partis pour le Brésil, de nouveaux locataires auront sans doute nettoyé et repeint l'appartement avant de l'occuper. Mais, tôt ou tard, les anciens propriétaires auront disparu et, comme cela arrive souvent dans les plus respectables familles, leurs héritiers auront probablement engagé une bataille judiciaire acharnée pour l'héritage, laissant l'appartement se dégrader dans l'abandon. Celui qui l'aura finalement acquis à bas prix ou aux enchères ne l'aura pas habité avant de refaire l'électricité, la plomberie, les sols, et de transformer l'espace : abaisser le plafond, installer une cuisine américaine, aménager des chambres en suites modernes avec dressing et salle de bains. Mais je garde en tête le plan original de l'appartement, et si Nadine acceptait de m'en ouvrir la porte, je pourrais m'y promener comme un fantôme en traversant les murs. Et si, lors des rénovations, tout avait été détruit pour en faire un immense loft, je pourrais parcourir cet espace comme un démineur, certain de retrouver l'endroit précis où la chose s'est produite, je veux dire, l'endroit où je suis descendu aux enfers. Mais s'il est déjà difficile d'aborder un sujet aussi intime avec une inconnue, le faire en marchant, à bout de souffle, pour suivre les pas rapides de Nadine, tout en interrompant mon récit à chaque fois qu'elle pénètre dans un immeuble, rend la tâche presque impossible. Nous arpentons la via San Marino, côté impair, de porte en porte, jusqu'à ce qu'elle s'arrête devant le numéro 41, où elle doit retrouver sa copine au coin de la via Bellinzona. Là, elle m'annonce qu'elle n'est pas autorisée à ouvrir l'appartement pour qui que ce soit et qu'elle ne risquerait jamais son emploi pour ça. Elle se met alors à pianoter sur son téléphone jusqu'à ce qu'une Fiat Cinquecento s'arrête près du trottoir, klaxonnant deux fois. Une fois installée dans la voiture de son amie, je l'imagine raconter l'histoire de cet homme blanc vieillissant qui l'a abordée, un écrivain tourmenté par des souvenirs d'enfance. Peut-être qu'un jour, si elle n'avait rien d'autre à faire, elle dicterait ses souvenirs du Sénégal les plus enfouis à cet écrivain tourmenté.

28

En arrivant au 12, via San Marino, je remarque une fourgonnette argentée bloquant la sortie du parking. Le vieillard ivre lance des vivats à Mussolini, sous le regard impassible d'un chauffeur posté en sentinelle près du véhicule, vêtu d'un uniforme sombre à boutons dorés. Hier, j'ai été bête, je n'aurais jamais dû sous-estimer Mme Catanzaro, et maintenant je tente de me racheter en lui apportant un bouquet de roses. J'appuie sans arrêt sur l'interphone et, lorsqu'elle daigne enfin répondre, je présente mes excuses les plus humbles, symbolisées par les roses rouges que je souhaite lui remettre en mains propres. Sans réponse, j'ajoute que je suis prêt à formuler une offre généreuse pour l'appartement, à condition de pouvoir le visiter pour en évaluer l'état. Après un long silence, le portail s'ouvre et depuis l'intérieur me parviennent des éclats de rire et un brouhaha dans une langue que je ne reconnais pas. Peu après, deux hommes sortent sur le trottoir : l'un, bedonnant, ajuste son pantalon, tandis que l'autre, en costume avec une cravate défaite, tient une bouteille à la main. Ils ont les traits mongols et semblent russes. Derrière eux viennent, dans l'ordre, deux femmes slaves, bras dessus bras dessous, suivies d'une femme peut-être philippine au maquillage qui a bavé, une fausse blonde peut-être brésilienne, avec sa jupe à l'envers, une travestie en short et une Hongroise qui me glisse un *merci* dans sa langue avant de me voler une rose du bouquet. Le chauffeur ouvre les portes de la fourgonnette, où tout le monde monte tant bien que mal. Alors que le véhicule démarre, Nadine apparaît au coin du viale Gorizia.

Elle ouvre le portail sans répondre à mon salut, mais elle ne peut m'empêcher de la suivre de près jusque dans l'immeuble. Lorsqu'elle quitte le petit local, vêtue d'un jogging, de chaussons et d'une charlotte, quelques sacs-poubelles noirs vides sous le bras, elle me trouve posté devant la porte de l'appartement, le bouquet de fleurs à la main. En le lui tendant, j'accomplis l'impensable : j'arrive à arracher un sourire à Nadine. Mais si elle rit, c'est à l'idée que je puisse espérer l'attendrir avec ces fleurs bon marché, qu'elle jette aussitôt dans l'un des sacs. Elle ouvre la porte à l'aide d'un porte-clés orné d'une main en forme de figue. À travers l'entrebâillement, je ne distingue rien, l'intérieur est noyé dans l'obscurité, mais l'odeur de moisi de mon ancien appartement est intacte. Avec la pointe du pied, je maintiens la porte ouverte, et Nadine, loin d'insister pour la refermer, me presse au contraire de faire vite. Si je veux voir l'appartement, c'est maintenant ou jamais, car ces gens pourraient revenir d'un instant à l'autre. Ils laissent toujours quelque chose derrière eux, sous-vêtements, sex-toys, fouets, menottes, lubrifiants, chargeurs de téléphone, tout et n'importe quoi. Puis elle allume la lumière, et revoir le salon exactement comme avant fait trembler mes jambes. Mes yeux se remplissent de larmes en voyant les fresques de la chapelle Sixtine sur le papier peint qui recouvre toute la pièce. Enfant, je m'attardais rarement ici, je ne m'asseyais jamais sur les canapés en velours ni sur les fauteuils rococo. Ces figures nues ou à demi-nues me terrifiaient, surtout celles du plafond. Là-haut, je vois *La Création d'Adam*, et là où les doigts d'Adam et de Dieu se frôlent presque, est toujours pendu le lustre allumé par Nadine. Elle ouvre les fenêtres, ramasse des verres et des cendriers sur le sol, jette des bouteilles dans ses sacs-poubelles, puis s'éclipse dans les pièces adjacentes. Depuis le seuil, je reconnais les murs latéraux, qui montrent des scènes de la vie de Moïse et de Jésus-Christ, et plus loin je distingue la trace du téléphone mural sur le papier peint illustrant *Le Jugement dernier*. Si le reste de l'appartement a été aussi bien préservé, alors à gauche se trouvent encore les toilettes, et en face, le couloir qui mène au bureau, à la porte de chez Néron et aux autres chambres, jusqu'à la cuisine et la buanderie. Mais mes pieds restent cloués, impossible de franchir le seuil de la porte grand ouverte. Mon corps oscille, je recule, je me surprends à marcher à reculons. Je sens que c'est ma mère qui me tire par le col.

29

Je demande au room service un paquet de Chesterfield, une bouteille de Johnnie Walker et un seau de glace. J'enlève ma chemise, je vais boire sur la terrasse, et après le troisième whisky, je décide de m'installer définitivement à l'hôtel Mercure. La glace a fondu, j'avale quelques gorgées de whisky pur, et lorsqu'il commence à pleuvoir, je me glisse dans le lit pour regarder la télé. La 2000 diffuse une messe, mais en zappant, je tombe sur la rediffusion d'un match du championnat italien. Le jeu ralentit, les joueurs semblent fatigués et peu à peu mes pensées dérivent vers la chapelle Sixtine. Je pense au Jugement dernier, aux corps montant vers le ciel, aux corps descendant en enfer, aux anges et aux démons se disputant les corps, aux squelettes se dressant de leurs tombes, au passeur des enfers, au feu éternel, et je me réveille, la bouche sèche. J'appelle le room service et commande une grande bouteille de San Pellegrino ainsi que quelque chose à manger. Peu importe, une côtelette, une lasagne, n'importe quoi pour calmer la faim, accompagné d'un vin rouge et, si possible, d'un verre de grappa. Ils m'apportent une focaccia au jambon de Parme et une bouteille de Brunello di Montalcino, que je déguste en regardant une émission consacrée à l'analyse du football. Je fais appeler un taxi, et sans que je le demande, le portier ouvre un parapluie et m'aide à monter dans la voiture. Je dis au chauffeur de me déposer n'importe où. Oui, n'importe où, et il me dépose sur la piazza Colonna : *va bene ?* J'entre dans la Galleria Colonna, rebaptisée au nom d'Alberto Sordi, comédien qui, soit dit en passant, était très proche de mon amie Alida Valli. Des touristes entrent et sortent des boutiques, les bras chargés de sacs, et, devant une pâtisserie, j'entends des voix brésiliennes. J'ai peur qu'on me reconnaisse, qu'on me demande si je suis en tournée ou si je vais me produire dans un théâtre. Si je dis que je me consacre actuellement à la littérature, ils penseront que c'est un bobard, et peut-être qu'ils raconteront au Brésil qu'ils m'ont vu titubant dans les rues de Rome. Je me dirige vers une librairie, là où je rencontrerais difficilement des touristes brésiliens, mais la grande boutique de trois étages que je connaissais a laissé place à une enseigne Uniqlo qui, si j'ai bien compris, vend des vêtements japonais jetables. Je marche sous la pluie le long de la via del Corso et entre dans un café pour boire une grappa, un endroit où je me souviens avoir trinqué avec des réfugiés brésiliens à l'époque de la dictature. Il doit être un peu plus de huit heures du soir, trois heures de l'après-midi à Rio, et si j'étais là-bas, je serais sûrement en train de plonger dans les vagues d'Ipanema. Ou, qui sait, je serais cloîtré dans une chambre enfumée, cherchant à avancer sur mon livre, dans lequel je feindrais d'être à Rome, buvant une grappa dans un café lugubre que j'ai fréquenté pendant la dictature. Si j'avais un téléphone, je pourrais appeler ma femme, qui commence peut-être, après presque une semaine, à remarquer mon absence. Je continue d'errer, sans but, traversant les ruelles obscures jusqu'à arriver à la Fontana di Trevi. Je ne suis pas superstitieux, et cette habitude de jeter des pièces dans la fontaine pour espérer revenir un jour à Rome me paraît idiote. Mais bon, au cas où, j'ai toujours jeté des pièces, et jusqu'ici, ça a marché. Sauf que cette fois, je fouille mes poches, me tâte de partout et je ne trouve aucune pièce. Je reviendrai demain ou après avec une poignée d'euros, je ne peux pas mourir sans revoir une fois Rome. Je décide de rentrer à l'hôtel à pied, ce qui ne devrait pas prendre plus d'une heure. À hauteur de la Porta Pia, la pluie faiblit et, redevenu sobre, je me surprends à envisager un dernier verre si je trouve un bar encore ouvert. Depuis le corso Trieste, je prends un raccourci par le viale Gorizia, mais, à l'angle de la via San Marino, je me fige. C'est le vieil ivrogne qui chante d'une voix à peine audible :

Tu pensi que cachaça è acqua ?
Cachaça non è acqua, no
Cachaça…

– Amadeo ?
– Brasiliano.

Le vieux, c'est bien lui, Amadeo, le fils de l'épicier, allongé sur le seuil de la boutique d'antiquités. Je murmure son nom doucement, j'ai envie de le prendre dans mes bras, je m'assois sur le sol, mouillant mon pantalon, et je secoue sa tête. J'aimerais lui dire qu'il restera toujours mon meilleur ami à Rome, malgré ce qu'il est devenu, malgré la vie qu'il a gâchée à ce point, mais les mots me manquent en italien et tout ce que je parviens à lui demander, c'est où est passé le ballon de

Ghiggia. Il me fixe de ses yeux vitreux, et j'ai l'impression qu'il est en train de mourir. Je lui demande s'il a froid, s'il veut que j'appelle une ambulance, mais il soupire et ferme les yeux. Il respire encore, péniblement, haletant comme s'il cherchait à parler. Soudain, avec la force de sa voix de baryton, il me dit de retourner dans mon pays :

– *Torna al tuo paese, figlio di puttana.*

31/04/2024

Fiumicino, Rome
Volo ITA AZ 672 destinazione Rio de Janeiro

Francisco,

I must say that I have enjoyed you, despite the fact that I occaisionally felt it necessary to make you stare into an empty hall.

When enough time has passed for you to be grown up I will look for stories and novels written by F. B. de Hollanda.

With affection,

Miss Tuttle

1707 Proctor Dr.
Santa Rosa, Calif. U.S.A

Remerciements

Maria Emilia Bender
Márcia Copola
Lucila Lombardi
Carol Proner
Max et Carola De Tomassi

Cet ouvrage a été composé par
Atlant'Communication
au Bernard (Vendée)

Achevé d'imprimer en octobre 2025
sur les presses de Normandie Roto Impression s.a.s.
61250 Lonrai

N° d'édition : 0358001 – N° d'impression : 2504665
Dépôt légal : février 2026

Imprimé en France